Grippe, Cholera und Pest

Eine Anthologie zu Seuchen

In Zeiten der Virus-Pandemie präsentiert Dieter Kiepenkracher ausgewählte literarische Texte des 16. bis 20. Jahrhunderts zu Seuchen. Denn der Vergleich macht Sie sicher.

Tucholsky fiebert fröhlich, Fontane hustet brieflich. Bei Nesthäkchen und Ganghofer erkrankt man schwer an Grippe. Kisch berichtet von Maschinen-Mädchen in Chinas Kliniken.

Roth schreibt über Liebe in Zeiten der Cholera. Kossowicz rächt sich. „Gesegnet sei die Cholera!" rufen die New-Yorker, Massengräber füllen sich in New Orleans. Bertha von Suttner erinnert an das Grauen. Die Intimfeinde Heine und Börne schreiben aus Paris.

Der schwarze Tod, die Pest wütet in Bergamo. Defoe berichtet aus London. Poe erzählt, mal allegorisch, mal burlesk. Casanova liebt die Pocken. Die Brüder Grimm sammeln schauerliche Sagen. Schiller fantasiert, Montaigne räsoniert.

Grippe, Cholera und Pest

Seuchen in der Literatur aus vier Jahrhunderten

Von Tucholsky und Ganghofer über Poe und Casanova bis Schiller und Montaigne

Erzählungen, Romane und Biographien in Ausschnitten, Gedichte, Briefe und Berichte, Sagen und Überlieferungen

Herausgegeben von Dieter Kiepenkracher

Bibliografische Information der Deutschen Nationalbibliothek:
Die Deutsche Nationalbibliothek verzeichnet diese Publikation in
der Deutschen Nationalbibliografie; detaillierte bibliografische
Daten sind im Internet über dnb.dnb.de abrufbar.

Herstellung und Verlag:
BoD – Books on Demand, Norderstedt

ISBN 9783751923668

Grippe (Influenza) und Tuberkulose

Cholera und Gelbfieber

Pest und Pocken

Quellenverzeichnis

Grippe (Influenza) und Tuberkulose

Kurt Tucholsky:
Rezepte gegen Grippe

(Vossische Zeitung 1931)

Beim ersten Herannahen der Grippe, erkennbar an leichtem Kribbeln in der Nase, Ziehen in den Füßen, Hüsteln, Geldmangel und der Abneigung, morgens ins Geschäft zu gehen, gurgele man mit etwas gestoßenem Koks sowie einem halben Tropfen Jod. Darauf pflegt dann die Grippe einzusetzen.

Die Grippe – auch ›spanische Grippe‹, Influenza, Erkältung (lateinisch: Schnuppen) genannt – wird durch nervöse Bakterien verbreitet, die ihrerseits erkältet sind: die sogenannten Infusionstierchen. Die Grippe ist manchmal von Fieber begleitet, das mit 128° Fahrenheit einsetzt; an festen Börsentagen ist es etwas schwächer, an schwachen fester – also meist fester. Man steckt sich am vorteilhaftesten an, indem man als männlicher Grippekranker eine Frau, als weibliche Grippekranke einen Mann küßt – über das Geschlecht befrage man seinen Hausarzt. Die Ansteckung kann auch erfolgen, indem man sich in ein Hustenhaus (sog. ›Theater‹) begibt; man vermeide es aber, sich beim Husten die Hand vor den Mund zu halten, weil dies nicht gesund für die Bazillen ist. Die Grippe steckt nicht an, sondern ist eine Infektionskrankheit.

Sehr gut haben meinem Mann ja immer die kalten Packungen getan; wir machen das so, daß wir einen heißen Grießbrei kochen, diesen in ein Leinentuch packen, ihn aufessen und dem Kranken dann etwas Kognak geben – innerhalb zwei Stunden ist der Kranke hellblau, nach einer weiteren Stunde dunkelblau. Statt Kognak kann auch Möbelspiritus verabreicht werden.

Fleisch, Gemüse, Suppe, Butter, Brot, Obst, Kompott und Nachspeise sind während der Grippe tunlichst zu vermeiden –

Homöopathen lecken am besten täglich je dreimal eine Fünf-Pfennig-Marke, bei hohem Fieber eine Zehn-Pfennig-Marke.

Bei Grippe muß unter allen Umständen das Bett gehütet werden – es braucht nicht das eigene zu sein. Während der Schüttelfröste trage man wollene Strümpfe, diese am besten um den Hals; damit die Beine unterdessen nicht unbedeckt bleiben, bekleide man sie mit je einem Stehumlegekragen. Die Hauptsache bei der Behandlung ist Wärme: also ein römisches Konkordats-Bad. Bei der Rückfahrt stelle man sich auf eine Omnibus-Plattform, schließe aber allen Mitfahrenden den Mund, damit es nicht zieht.

Die Schulmedizin versagt vor der Grippe gänzlich. Es ist also sehr gut, sich ein siderisches Pendel über den Bauch zu hängen: schwingt es von rechts nach links, handelt es sich um Influenza; schwingt es aber von links nach rechts, so ist eine Erkältung im Anzuge. Darauf ziehe man den Anzug aus und begebe sich in die Behandlung Weißenbergs. Der von ihm verordnete weiße Käse muß unmittelbar auf die Grippe geschmiert werden; ihn unter das Bett zu kleben, zeugt von medizinischer Unkenntnis sowie von Herzensrohheit.

Keinesfalls vertraue man dieses geheimnisvolle Leiden einem sogenannten ›Arzt‹ an; man frage vielmehr im Grippefall Frau Meyer. Frau Meyer weiß immer etwas gegen diese Krankheit. Bricht in einem Bekanntenkreis die Grippe aus, so genügt es, wenn sich ein Mitglied des Kreises in Behandlung begibt – die andern machen dann alles mit, was der Arzt verordnet. An hauptsächlichen Mitteln kommen in Betracht: Kamillentee. Fliedertee. Magnolientee. Gummibaumtee. Kakteentee.

Diese Mittel stammen noch aus Großmutters Tagen und helfen in keiner Weise glänzend. Unsere moderne Zeit hat andere Mittel, der chemischen Industrie aufzuhelfen. An Grippemitteln seien genannt:

Aspirol. Pyramidin. Bysopeptan. Ohrolax. Primadonna. Bellapholisiin. Aethyl-Phenil-Lekaryl-Parapherinan-Dynamit-Acethylen-Koollomban-Piporol. Bei letzterem Mittel genügt es

schon, den Namen mehrere Male schnell hintereinander auszusprechen. Man nehme alle diese Mittel sofort, wenn sie auf-
kommen – solange sie noch helfen, und zwar in alphabetischer
Reihenfolge, ch ist ein Buchstabe. Doppelkohlensaures Natron
ist auch gesund.

Besonders bewährt haben sich nach der Behandlung die
sogenannten prophylaktischen Spritzen (lac, griechisch; so viel
wie ›Milch‹ oder ›See‹). Diese Spritzen heilen am besten Grip-
pen, die bereits vorbei sind – diese aber immer.

Amerikaner pflegen sich bei Grippe Umschläge mit heißem
Schwedenpunsch zu machen; Italiener halten den rechten Arm
längere Zeit in gestreckter Richtung in die Höhe; Franzosen
ignorieren die Grippe so, wie sie den Winter ignorieren, und
die Wiener machen ein Feuilleton aus dem jeweiligen Krankheitsfall. Wir Deutsche aber behandeln die Sache methodisch:

Wir legen uns erst ins Bett, bekommen dann die Grippe
und stehen nur auf, wenn wir wirklich hohes Fieber haben:
dann müssen wir dringend in die Stadt, um etwas zu erledigen.
Ein Telefon am Bett von weiblichen Patienten zieht den
Krankheitsverlauf in die Länge.

Die Grippe wurde im Jahre 1725 von dem englischen Pfar-
rer Jonathan Grips erfunden; wissenschaftlich heilbar ist sie seit
dem Jahre 1724.

Die glücklich erfolgte Heilung erkennt man an Kreuz-
schmerzen, Husten, Ziehen in den Füßen und einem leichten
Kribbeln in der Nase. Diese Anzeichen gehören aber nicht, wie
der Laie meint, der alten Grippe an – sondern einer neuen.
Die Dauer einer gewöhnlichen Hausgrippe ist bei ärztlicher
Behandlung drei Wochen, ohne ärztliche Behandlung 21
Tage. Bei Männern tritt noch die sog. ›Wehleidigkeit‹ hinzu;
mit diesem Aufwand an Getue kriegen Frauen Kinder.

Das Hausmittel Cäsars gegen die Grippe war Lorbeerkranz-
Suppe; das Palastmittel Vanderbilts ist Platinbouillon mit
weichgekochten Perlen.

Und so fasse ich denn meine Ausführungen in die Worte des bekannten Grippologen Professor Dr. Dr. Dr. Ovaritius zusammen:
Die Grippe ist keine Krankheit – sie ist ein Zustand –!

Hermann Löns:
Influenza

(Frau Döllmer 1928)

Sie ist in allen Häusern gewesen,
Die Influenza, und auch bei mir;
Ich hab' sie mit allen Mitteln behandelt,
Mit Bädern, Pulvern und Salbengeschmier.

Ich folgte dem Rat jedes Freundes
Und aß sechs Apotheker reich.
Ich trank heute Grog, morgen Rotspon
Und Kognak dann, mir war alles gleich.

Ich habe geschwitzt und habe gefroren
Im Dampfbad und Packung, es blieb egal,
Es wurde nicht besser, nicht schlimmer,
Kontraktmäßig blieb ihre Zeit sie einmal.

Ich hab' mich an dem gräßlichsten Teezeug
Und an dem greulichsten Pulver gelabt,
Und hätt' ich mich weiter um sie gekümmert,
Dann hätt' ich sie wohl noch länger gehabt.

Kurt Tucholsky:
Spanische Krankheit?

(Die Weltbühne 1918)

Was schleicht durch alle kriegführenden Länder?
Welches Ding schleift die infizierten Gewänder
vom Schützengraben zur Residenz?
Wer hat es gesehen? Wer nennts? Wer erkennts?
Schmerzen im Hals, Schmerzen im Ohr -
die Sache kommt mir spanisch vor.

Aber wenn ichs genau betrachte
und hübsch auf alle Symptome achte,
bemerke ich es mit einem Mal:
das ist nicht international.
Und seh ich das ganze Krankenkorps:
kommts mir gar nicht mehr spanisch vor.

Ein bißchen Gefieber, ein bißchen Beschwerden,
Onkel Doktor sagt:»Morgen wirds besser werden!«
Nachts im Dunkel Transpirieren,
Herzangst, Schwindel und Phantasieren,
mittags Erhitzen, abends Erkalten,
morgen ist alles wieder beim Alten -

Das ist keine Grippe, kein Frost, keine Phtisis -
das ist eine deutsche politische Krisis.

Kurt Tucholsky:
Ruhe und Ordnung

(Die Weltbühne 1925)

Wenn Millionen arbeiten, ohne zu leben,
wenn Mütter den Kindern nur Milchwasser geben -
das ist Ordnung.
Wenn Werkleute rufen: »Laßt uns ans Licht!
Wer Arbeit stiehlt, der muß vors Gericht!«
Das ist Unordnung.

Wenn Tuberkulöse zur Drehbank rennen,
wenn dreizehn in einer Stube pennen -
das ist Ordnung.
Wenn einer ausbricht mit Gebrüll,
weil er sein Alter sichern will -
das ist Unordnung.

Wenn reiche Erben im Schweizer Schnee
jubeln - und sommers am Comer See -
dann herrscht Ruhe.
Wenn Gefahr besteht, daß sich Dinge wandeln,
wenn verboten wird, mit dem Boden zu handeln -
dann herrscht Unordnung.

Die Hauptsache ist: Nicht auf Hungernde hören.
Die Hauptsache ist: Nicht das Straßenbild stören.
Nur nicht schrein.
Mit der Zeit wird das schon.
Alles bringt euch die Evolution.

So hats euer Volksvertreter entdeckt.
Seid ihr bis dahin alle verreckt?
So wird man auf euern Gräbern doch lesen:
sie sind immer ruhig und ordentlich gewesen.

Egon Erwin Kisch:
Kinder als Textilarbeiter

(China geheim 1933)

»Eine genügt,« sagt der Arzt. Wir haben um die Erlaubnis gebeten, einige Krankheitsgeschichten abschreiben zu dürfen. »Wozu einige? Die Fälle sind im Grunde alle gleich.« Er deutet ringsumher auf die Betten in der Shanghaier Tuberkulose-Klinik. Aus unentwickelten Kinderkörpern dringt roter Husten.

»Alle sind Fabriksarbeiterinnen, sie haben die gleiche Anamnese und den gleichen Befund. Wozu brauchen Sie einige Krankheitsgeschichten? Eine genügt.«

Sie genügt wirklich: Tsai-Bi, Mädchen, 18 Jahre alt, aus der Provinz Tschekian stammend, kam vor sieben Jahren mit ihren Eltern nach Shanghai. Arbeitet in Textilfabriken seit ihrem 11. Lebensjahr. Erste Menses vor zehn Monaten (im Alter von 17 Jahren), die nächste drei Monate später, beide Male geringe Mengen hellen, dünnen Blutes. Später hat sich die Periode nicht wiederholt. In der Fabrik arbeitet Patientin dreizehn Stunden täglich, abwechselnd einmal Nachtschicht, einmal Tagschicht, außer einer Urlaubswoche im Winter. Vater starb vor fünf Jahren an schleimig-blutigem Durchfall. Mutter lebt und war bisher gesund, leidet in letzter Zeit aber an Husten mit Auswurf. Auch eine Schwester leidet an Husten. Keine sicher festgestellte Tuberkulose in der Familie.

Patientin klagt derzeit über starken Husten mit grünlichem Auswurf seit mehr als einem Monat. Die Erkrankung begann mit Schüttelfrost, Fieber und Schwindelanfällen. Hatte schon etwa zwei Monate vorher leichten Husten, seit Beginn der Erkrankung starke Vermehrung des Auswurfs, der in der letzten Zeit übelriechend ist. Patientin klagt weiter über allgemeines Schwächegefühl und starke Nachtschweiße. Patientin hat bis zu ihrer Einlieferung trotz der obigen Beschwerden gearbeitet, obwohl der Husten sie wesentlich behinderte.

An früheren Erkrankungen gibt Patientin eine Attacke von Dysenterie vor drei Jahren an, ferner vor einem Jahr Schwellung der Halsdrüsen. Aus dem Status praesens: Unterernährte und unterentwickelte Patientin. Scham- und Achselhaare fehlen. Die Brüste entsprechen in ihrer Entwicklung denen eines dreizehnjährigen Mädchens. Uhrglasnägel. Leichte Cyanose des Gesichts und der abhängigen Teile. Diagnose (auf Grund der physikalischen und der Röntgenuntersuchung): Pubertätsphthisis der rechten Lunge mit mittelgroßem Cavum des Oberlappens.

»Gibt es Hilfe?« fragen wir den Arzt. »In China? Nein.«

Chinas Industrie ist eigentlich den Kinderschuhen bereits entwachsen, ihre Arbeiterschaft noch nicht. Physisch nicht: sie besteht zu vierzig Prozent aus Kindern, die, wie wir aus dem Krankenbefund ersehen, aus dem Kindesalter auch dann nicht herauskommen, wenn sie aus dem Kindesalter bereits heraus sind.

Schreiten wir die Spinnereisäle einer großen Fabrik ab. Kleine Mädchen hantieren an den Spinnmaschinen, an den Verzwirnungsmaschinen, an den Vorspinn-Spindeln. Keines der Kinder sieht älter aus als sechs Jahre. Aber wir wissen von der Klinik her, daß der Schein täuscht. Dort sahen die Zwanzigjährigen wie Dreizehnjährige aus, also sind die, die hier in Gestalt von kaum Sechsjährigen an den Maschinen arbeiten, allenfalls schon elf oder dreizehn Jahre alt.

Sie können mit ihren Händchen jeden Faden manipulieren, der es nötig hat, sie können leere Spindeln aufstecken und volle Spindeln abnehmen, ohne sich auf die Fußspitzen oder gar auf einen Schemel stellen zu müssen, – die Apparatur ist ihrer Größe angemessen.

Es sind Maschinen aus England. Dieses Triumphes der Technik rühmt man sich wenig, wir haben über Kinder-Spinnmaschinen noch nie etwas gelesen, auf den kleinen Maschinen prangt auch nicht die Plakette der Herstellungsfirma, während auf jeder großen eindringlich der Name »Asa Lees, Oldham« oder der einer andern englischen Fabrik steht.

»Wurden diese Miniatur-Maschinen eigens für China erfunden?« forschen wir bei nächster Gelegenheit einen englischen Fabrikvertreter aus. Er beeilt sich, uns zu versichern, daß das nicht der Fall sei.

»Im Gegenteil, die Child-Size-Machinery war jahrzehntelang im ganzen Textilgebiet von Lancashire in Gebrauch. Als man die Kinderarbeit in Großbritannien verbot, wurden die Maschinen nach Amerika geliefert. Erst jetzt gehen sie in die Kolonien und nach China.« Wir bitten höflich um Entschuldigung, England ungerechterweise verdächtigt zu haben.

Else Ury:
Kohlennot
(12. Kapitel Nesthäkchens Backfischzeit 1919)

Die Klingel stand jetzt während der Sprechstunde nicht still. Denn Hand in Hand mit der Kälte schritt die Grippe, die heimtückische Krankheit, die so viele blühende Menschenleben dahinraffte, durch die Straßen der Großstadt. Da war kaum ein Haus, das sie mit ihrem schlimmen Besuch verschonte. Die Ärzte hatten Tag und Nacht keine Ruhe. Und Doktor Braun in seinem unermüdlichen Pflichteifer gönnte sich knapp die Zeit zu den Mahlzeiten.

»Du treibst es so lange, bis du selbst nicht mehr weiter kannst, Ernst,« warnte seine Frau besorgt.

»Zu Essen und Trinken muß Zeit sein. Das dankt einen kein Deibel nich, wenn man nachher selbst auf de Nase liejt,« räsonierte Hanne, wenn sie immer wieder das aufgewärmte Essen in die Kochkiste zurückpacken mußte, weil stets neue Hilfsbedürftige erschienen.

Auch Annemarie bat den Vater unter zärtlichem Streicheln, sich doch ein wenig mehr Ruhe zu gönnen. Aber weder die

9

Sorge seiner Gattin, weder Hannes Gebrumm, noch Nesthäkchens Betteln vermochten Doktor Braun von seiner unausgesetzten Pflichterfüllung zurückzuhalten. Dieses strenge Pflichtbewußtsein wurde, ohne daß der Vater es wußte, seinen Kindern zum nachahmenswerten Beispiel. Hans, sein Ältester, bedurfte dessen nicht erst. Der war schon als Schuljunge stets der Primus durch alle Klassen gewesen; der hatte seine Examina mit Auszeichnung gemacht und war jetzt als Referendar ebenso tüchtig und fleißig wie als Schüler. Mit Klaus hingegen lag die Sache anders. Klaus hatte stets das Wort befolgt: »Wer die Arbeit kennt und sich nicht drückt – der ist verrückt.« Durch das Gymnasium hatte er sich mit viel Geschick mittels Klatschen und Eselsbrücken glücklich hindurchgeschwindelt. Wie er durch das Abitur mit durchgerutscht war, blieb der Braunschen Familie ein ungelöstes Rätsel. Denn arbeiten hatte ihn keiner je zum Abiturientenexamen gesehen.

Die Studentenzeit aber hielt er nun vollends lediglich für den Zweck des Kollegschwänzens, des Kneipens und des darauf folgenden Katers eingerichtet. Er verbummelte in den ersten Semestern gehörig. Jetzt aber, wo er den Vater Tag und Nacht im Dienste der Menschheit tätig sah, begann er sich seines Drohnenlebens zu schämen. Das äußerte sich dadurch, daß er nicht jeden Kneipen- und jeden Bierbummel mehr mitmachen mußte. Daß er bei den Kollegs nicht nur als Gast, sondern als regelmäßiger Hörer erschien. Und daß er zu Hause für die gesamte Familie, Hanne und Minna miteingerechnet, Stiefeln besohlte, in denen zwar kein Mensch laufen konnte, da stets irgendwo ein Nagel heimtückisch herausschaute. Dafür machte aber diese segensreiche Beschäftigung um so mehr Lärm und ward zum Apfel der Zwietracht zwischen ihm und Nesthäkchen. Denn Annemarie behauptete voll Undankbarkeit, durch das abscheuliche Gehämmer beim Lernen gestört zu werden. Während Klaus seinerseits geltend machte, daß bei Annemaries lautem Auswendiglernen der sanftmütigste Mensch die Tollwut bekommen könne.

10

Annemarie lernte augenblicklich in der Tat »mit Dampf« trotz der Kälte. Sie mußte fleißig sein, um bald Medizin studieren zu können, und den Vater, der ohne Rücksicht auf seine Gesundheit immer hilfsbereit war, zu entlasten. Wenn man ein solches Ziel vor sich hat, schweigen selbstsüchtige Wünsche. Dann können die blanken Schlittschuhe noch so blitzen und funkeln, erst hieß es, die Schulaufgaben zu erledigen und die Unterrichtsstunden, die man selbst gab, pünktlich innezuhalten. Da kann der Rodelschlitten noch so sehr nach dem Grunewald locken – für derartige Extravergnügungen blieb der Sonntag. Selbst die Tanzstunde mit all ihren Zauberklängen wurde mit Aufbietung aller Willenskraft in den Hintergrund geschoben, solange die Schulbücher das Regiment führten. »Ich lerne, daß mir der Kopf raucht, da merke ich die Kälte nicht,« pflegte Annemarie zu scherzen.

Eine Unterrichtsstunde, die Nesthäkchen erteilte, war aber doch der Kälte zum Opfer gefallen. Vera hatte gestreikt. Ihre Wohnung, die Zentralheizung hatte, wurde schon seit Wochen wegen des Kohlenmangels nicht mehr geheizt. Ob die Mieter sich auch beschwerten, ob sie drohten und schimpften, es nutzte ihnen alles nichts, sie mußten frieren. Annemaries »Grönland« war nicht wärmer. Das Familienzimmer, das die Mutter den jungen Mädchen zur Verfügung stellte, wurde als Mittelpunkt aller häuslichen Geräusche abgelehnt. Annemarie machte den Vorschlag, die Nachhilfestunde auf den Neuen See, der sich seit Wochen in eine spiegelblanke Eisbahn verwandelt hatte, zu verlegen. Mit Begeisterung nahm die Freundin diesen Ausweg an. Vera war eine vorzügliche Eiskünstlerin, und auch Doktors Nesthäkchen lief anmutig und graziös. Ja, ja – auf dem Neuen See wurde man warm. Dort würde es mit dem Unterrichten und Lernen sicher gehen. Es wäre auch gegangen, denn guten Willen dazu brachten Lehrerin und Schülerin mit. Wenn es nur dort keine Musikkapelle gegeben hätte, die alle die neuen Tänze, die man aus der Tanzstunde her kannte, erklingen ließ. Konnte man dabei trockene Grammatik treiben, wenn es einem in den Beinen zuckte, einen eleganten Eistanz zu vollführen, der die Bewunderung der vom schneeumböschten Ufer Zuschauenden erweckte? Da tauchte plötzlich in Nesthäkchens gelehrten Auseinandersetzungen irgendein Tanzstundenjüngling auf und warf die ganze deutsche Grammatik, die Annemarie so mühsam Veras hübschem Köpfchen einzutrichtern bemüht war, über den Haufen. Veras Versetzungsaussichten nach der Prima standen schlecht. Und daran waren nur die Kälte und die Kohlennot schuld.

In die Schule gingen die Mädel diesen Winter gern. Dort wärmte man sich wenigstens auf. Die städtischen Behörden wurden genügend mit Kohlen versorgt. Aber eines Tages wartete auch dort eine Überraschung. Herr Lustig, der Gesanglehrer, der die erste Stunde gab, da man zum Singen kein Licht brauchte, teilte den Schülern mit, daß der Unterricht heute zum letztenmal im Lyzeum erteilt würde. Das benachbarte Knabengymnasium sollte künftig auch der Bildungsstall der weiblichen Gymnasiasten werden. Der Unterricht würde nachmittags von zwei bis sieben Uhr dort stattfinden. Auf diese Weise würde die Heizung doppelt ausgenützt, und die Hälfte der Schulen sparte Kohlen.

»Fein, da können wir uns wenigstens ausschlafen!« Annemarie Braun rief es begeistert.

»Mein Vater ist vormittags auf dem Gericht, da kann ich in seinem warmen Arbeitszimmer meine Aufgaben machen,« frohlockte Marlene.

»Ich auch« – »ich auch.« Es war eine allgemeine Freude über die Veränderung. Allerdings erhoben sich auch einwendende Stimmen: »Das geht nicht, ich habe zweimal in der Woche nachmittags Turnstunde« – »wir haben doch unser Lesekränzchen am Sonnabend nachmittag« – »meine Klavierstunde kann bestimmt nicht verlegt werden« – »unsere Tanzstunde fängt schon um sechs Uhr an, die versäumen wir auf keinen Fall«. Trotz Turn- und Klavierstunde, trotz Lesekränzchen und

Tanzstunde hatten die Behörden kein Einsehen. Der Schulunterricht fand künftig am Nachmittag statt.

»Nun kann der Eskimo aus Grönland fortziehen,« erklärte Nesthäkchen daheim und beschlagnahmte täglich nach der Morgensprechstunde das behaglich warme Zimmer des Vaters. Doktor Braun liebte diese Gemeinschaft eigentlich nicht. Er hatte gern sein Reich für sich. An seinen Schreibtisch durfte allenfalls Muttis ordnende Hand sich wagen. Und selbst dann behauptete er, daß ihm alles verlegt sei und daß man nichts mehr finde. Jetzt, wo sein huschliges Nesthäkchen sich an seinem Heiligtum breitmachte, war das schlimmer als je. Bald fehlte ein Rezept, bald ein Kassenbon. Heute lag das Hörrohr nicht an seinem Platz, morgen wagte sich gar ein vergessenes französisches Buch zwischen medizinische Fachschriften.

»Wenn du deine Gedanken und deine Siebensachen nicht zusammenhalten wirst, marschierst du wieder nach Grönland zurück – verstanden, Lotte?« drohte Doktor Braun seinem Nesthäkchen.

Das aber lachte zu Vaters Worten. »Ehe meine Frostpfoten nicht geheilt sind, darfst du mich nicht rausschmeißen, Vatchen. Sonst kriege ich am Ende auch noch die Grippe!« Der Schlaukopf wußte, wie besorgt der Vater stets gewesen, daß sich sein Nesthäkchen in dem ungeheizten Raum etwas holen könnte.

Mutti aber sorgte sich eigentlich jetzt noch mehr, wo sie Annemarie im warmen Sprechzimmer ihres Mannes bei der Arbeit wußte. Wie leicht konnten dort noch Grippebazillen herumschwirren und ihr Nesthäkchen bedrohen. Fehlte doch jetzt schon die Hälfte der Klasse. Auch die Lehrer waren zum Teil erkrankt. Alle mußten sie der Modekrankheit ihren Tribut zahlen.

»Wir sind gefeit, Muttchen – in ein Doktorhaus wagt sich die Grippe nicht – presente medico nihil nocet,« prahlte Nesthäkchen mit seinen lateinischen Kenntnissen.

Aber die Grippe, die heimtückische, nahm keine Rücksicht auf Annemaries lateinische Gelehrsamkeit. Die schlüpfte ungesehen die mit roten Läufern belegte Treppe hinauf. Mit der aus der Schule heimkehrenden Margot huschte sie in die Thielensche Wohnung hinein. Dort scheuchte sie Margot mit brennender Stirn auf das Krankenlager. Auch die kleinen Geschwister ergriff sie. Doktor Braun ging manchen Tag dreimal hinüber, um nach den Schwerkranken zu sehen. Besonders Margot fieberte erschreckend hoch. Und wenn Annemarie den Vater nach dem Befinden der Freundin fragte, zuckte er nur die Achsel. Es stand sehr schlecht.

Annemarie hatte jetzt weder Lust zum Lernen, noch zum Schlittschuhlaufen oder zum Tanzen. Still und gedrückt stand das ausgelassene Backfischchen am Fenster, hauchte Gucklöcher in die eisblumigen Scheiben und starrte zu Thielens hinüber. Dort waren die Fenster nicht zugefroren, da sie dem scharfen Ostwind weniger ausgesetzt waren. Ab und zu tauchte dort drüben eine weiße Schwesternhaube am Fenster auf. Dann klopfte Annemaries Herz schneller. Wie mochte es Margot gehen?

Lieber Gott, wenn sie stürbe! Annemarie hatte kein reines Gewissen der kranken Freundin gegenüber. Hatte sie sich nicht oft über Margots pedantische Art lustig gemacht? Hatte sie ihr nicht den Namen »Tugendschäfchen« beigelegt? Und wie oft hatte sie Vera zärtlich umschlungen, sie gestreichelt und geherzt, bloß um Margot eifersüchtig zu machen. Wenn sie doch nur noch mal ihr Unrecht wieder gut machen konnte!

Gar zu gern hätte Annemarie persönlich nachgeschaut, wie es der armen Margot erging. Aber die Eltern hatten jegliche Verbindung mit Thielens der Ansteckungsgefahr wegen streng verboten.

Doch die Grippe kümmerte sich weniger als Nesthäkchen um das Verbot der Eltern. Durch die Hintertür wagte sie sich in die Braunsche Küche hinein. Minna, das Stubenmädchen, war die erste, die von ihren Fängen ergriffen wurde. Hanne pflegte sie getreulich und warf sich in die Brust: »Na, mir soll die Jrippe man drei Schritt von'n Leibe bleiben. Mit mich wird sie so leicht nich fertig.«

Es schien wirklich, als ob die Grippe vor der resoluten Hanne Respekt hätte. Sie machte einen großen Bogen um die energische Küchenfee herum und streckte die knöchernen Finger nach der schlanken Frau mit dem früh ergrauten Haar über dem noch jungen Gesicht am Fensterplatz des Wohnzimmers aus.

Mutti war krank. Jedes Kind empfindet ein Unbehagen, wenn die Mutter, die für alle da ist, für alle sorgt, das Bett hüten muß. Annemarie hatte dieses Unbehagen in gesteigertem Maße. Denn sie durfte nicht zur Mutter hinein; sie nicht pflegen und ihr Gesellschaft leisten, wie ihr Herz sie trieb. Ja, man schickte sie sogar aus dem Hause. Mutti selbst hatte es so angeordnet. Denn bei jungen Menschen trat die Grippe gefährlicher auf als bei reiferen. Frau Doktor Braun hatte nicht eher Ruhe, als bis ihr Nesthäkchen mit einem kleinen Handkoffer zur Großmama übergesiedelt war. Man mußte ihr den Willen tun, um das Fieber nicht zu steigern.

Für Annemarie bedeutete es von klein auf einen Festtag, wenn sie bei der Großmama sein konnte. Da war es so friedlich, so hell und sauber zwischen den alten Mahagonimöbeln, den blühenden Tulpen und Hyazinthen an allen Fenstern und den schneeweißen Tüllgardinen. Und Großmama selbst war so appetitlich, stets freundlich und voll Verständnis für alle kindlichen Wünsche. Diesmal jedoch fühlte sich Annemarie in den gemütlichen Räumen gar nicht so wohl wie sonst. Die gute Großmama kochte ihr all ihre Leibgerichte. Sie ließ die Stricknadeln leiser klappern, nur um die lernende Enkelin nicht bei der Arbeit zu stören. Denn Großmama konnte auch nur ein Zimmer heizen. Und auch das nur noch für wenige Tage.

Annemarie hatte weder Lust zur Arbeit, noch zur Unterhaltung. Das war nun eine ganz besondere Merkwürdigkeit bei der lebhaften Enkelin, deren munteres Wesen sonst Großmama eine Erquickung war.

»Kind, bist du auch gesund – ist dir auch nichts? Kein Gliederbrechen, kein Frösteln?« so forschte die alte Dame mit der ängstlichen Besorgnis der Großmütter so und so oft des Tages. Dann lachte Annemarie wohl ihr altes, frisches Lachen. Aber nicht lange, so war sie wieder still und in sich gekehrt. Wenn sie nur bei Mutti hätte sein dürfen! Frau Doktor Braun war zart und anfällig, seitdem sie während des ersten Kriegsjahres in England interniert gewesen war. Nicht ohne Grund sorgte sich das junge Mädchen, daß der schwächliche Gesundheitszustand der Mutter die Grippe nicht überstehen würde. Jeden Morgen schlich sie sich nach Haus über den Hof zur Küche hinein.

»Hanne, wie geht's Mutti?« Wie bang die blauen Augen dreinsahen.

»Jut, janz jut, Kind – ich koch ihr eben ein Taubensüppchen. Aber mach, daß du wechkommst, Kind, wenn dich unser Herr Doktor hier erwischt, setzt es ein Donnerwetter.«

Bums – schlug die Tür zu und sperrte Annemarie mit all ihrem Bangen und den tausend Fragen, die ihr nach der Mutter noch auf der Seele brannten, einfach aus. Da stand sie vor der verschlossenen Tür ungefähr mit denselben Empfindungen, wie Puck an der Krankenstube, in die er nicht durfte.

Bei Thielens drüben war die Gefahr vorübergegangen. Das war wenigstens ein Lichtblick. Margot war fieberfrei, mußte aber noch lange das Bett hüten, da die Lunge etwas angegriffen war. Annemarie schrieb ihr zärtliche Briefe, um sie zu erfreuen und ihr Gewissen ihr gegenüber zu entlasten.

»Morgen müssen wir im Bett bleiben, Annemiechen,« eröffnete Großmama eines Tages der verwunderten Enkelin.

»Nanu – hat sich die verflixte Grippe etwa hier bei dir auch angesagt?«

»Behüte – aber wir haben heute die letzten Kohlen in den Ofen gelegt. Von Tag zu Tag hat mich der Kohlenlieferant vertröstet, aber er bekommt keine Ware herein. Frieren kann ich nicht, dazu bin ich schon zu alt; folglich bleiben wir im Bett.« Es war Großmama vollständig ernst mit ihrer Absicht.

»Aber ich doch nicht etwa auch, Großmuttchen? Ich lege einfach meine Eskimouniform wieder an. Ich bin Grönlandtemperatur schon gewöhnt,« erhob Annemarie lebhaft Einspruch.

Den ganzen Tag verfolgte sie der Gedanke, daß die arme Großmama von morgen ab frieren sollte. Die alte Dame saß selbst im geheizten Zimmer noch mit dem gehäkelten Seelenwärmer. Wie fing man es nur an, Kohlen für sie zu erhalten?

Als Annemarie abends aus dem Gymnasium mit kältegeröteten Wangen zur Großmama heimkehrte, hatte dort ein zweiter Gast seinen Einzug gehalten: Tante Albertinchen mit Nachtjacke, Zahnbürste und Lockenwickler, mit Sack und Pack.

»Tante Albertinchen, du wagst dich bei achtzehn Grad Kälte aus deinem warmen Stübchen heraus? Du bist doch sonst nicht so unternehmungslustig,« machte das Backfischchen seiner Überraschung Luft.

»Ja, Kind, wenn ich ein warmes Stübchen gehabt hätte, kriegten mich keine zehn Pferde heraus. Aber ich friere schon seit drei Tagen, ich habe das Reißen in allen Knochen.« Ganz betrübt hingen Tante Albertinchens Pudellöckchen herunter, die sonst so lustig zu wackeln pflegten. »Und weil ich weiß, daß Großmama ein leeres Bett für mich hat, habe ich mich zu der Übersiedelung hierher entschlossen. Ich ahnte ja nicht, daß das Bett schon besetzt sei, und daß es hier ebenso hundekalt ist wie bei mir.«

»Hundekalt – aber Tante Albertinchen, heute ist doch noch geheizt. Es ist doch ganz mollig hier.«

»Ja, aber morgen! Morgen werde ich hier genau so erstarrt sein wie zu Hause. Ach, wer mir das in meiner Jugend gesagt hätte, daß ich mal im Alter so frieren muß!«

Tante Albertinchens Kummer tat Annemaries liebevollem Herzen ganz schrecklich leid. Als sie nachts auf dem Sofa lag, denn das Bett hatte sie natürlich dem alten Tantchen mit den sorgsam aufgewickelten Locken abgetreten, zerbrach sich Annemarie den Kopf, woher sie wohl Kohlen für die beiden alten Damen auftreiben konnte. Bis in die Träume hinein verfolgte diese Unruhe die junge Schläferin. Aufgeregt warf sie sich auf dem ungewohnten Lager hin und her.

Bums – ein lauter Knall – Klirren – erschreckte Ausrufe.

»Barmherziger – sind das Einbrecher?« Tante Albertinchen flüsterte es angsterfüllt. Sämtliche aufgewickelte Locken sträubten sich vor Entsetzen.

Auch Großmamas Herz hämmerte vor Schreck. »Kind, Annemiechen, was ist denn bloß passiert?« Mit zitternden Händen schaltete sie das elektrische Licht ein.

Da saß Doktors Nesthäkchen im Nachthemd unten auf der Erde zwischen Sofa und Tisch und lachte,lachte. Mundspülglas und Wasserkaraffe, die sie im Fallen mit vom Tisch heruntergerissen hatte, lagen in Scherben um sie herum.

»Was passiert ist, Großmuttchen? Ich habe geträumt, daß ich Kohlen für dich geholt habe. Eine ganze Kiepe voll. Aber plötzlich kam eine Elektrische, und ich wollte schnell auf die andere Seite, um nicht überfahren zu werden und da – da habe ich eine kleine Rutschpartie gemacht. Ach, ist das komisch – ist das ulkig« Nesthäkchen hielt sich die Seiten vor Lachen.

»Also keine Einbrecher – Gott sei dank!« Tante Albertinchen beruhigte sich wieder.

Bei Großmama ging das nicht so schnell. »Hast du dich auch nicht verletzt, Annemiechen? Ist auch bestimmt nichts gebrochen?«

»Doch – Karaffe und Mundspülglas,« gab Annemarie, vollständig munter geworden, übermütig zur Antwort. »Aber bei der Rutschpartie habe ich sämtliche Kohlen, die ich für dich aufgetrieben hatte, wieder verloren – so 'ne Gemeinheit!« Annemarie kroch zurück ins Bett. Doch so rasch schlief sie nicht wieder ein. Fauchen und Pusten kam alsbald von Tante Albertinchens Lager her, und auch aus der anderen Ecke, in der

Großmama schlief, pfiff es melodisch. Das war ja ein nettes Schnarchduett! Annemarie kam nicht zur Ruhe. Der Gedanke verfolgte sie: Wo hatte sie die Kohlen, die sie so deutlich im Traum besessen, bloß herbekommen?

Ach, am nächsten Morgen war keine einzige Kohle mehr in Großmamas Hause. Die beiden alten Damen ließen sich den Kaffee ins Bett bringen, denn draußen war es ungemütlich kalt. Das Thermometer zeigte über zwanzig Grad Kälte an.

»Ei, Annemiechen, solche Nachtwanderung mache nicht wieder. Du hast mir einen schönen Schreck dadurch eingejagt. Ich konnte gar nicht wieder einschlafen,« ließ sich Großmama gähnend vernehmen.

»Aber Großmuttchen, du hast doch wie ein Dompfaff gepfiffen. Ein wunderschönes Schnarchkonzert hast du im Verein mit Tante Albertinchen zum besten gegeben,« rief die Enkelin lachend.

»Das muß Tante Albertinchen gewesen sein – ich war bis zur Morgendämmerung munter.«

Tante Albertinchen aber behauptete, die ganze Nacht kein Auge zugemacht zu haben – sie könne nun mal nur in ihrem eigenen Bette schlafen.

»Na, dann muß ich selbst so doll geschnarcht haben, trotzdem ich ganz allein munter gewesen bin.« Das Backfischchen amüsierte sich gottvoll. »Ich will mal sehen, ob bei Burkhards die Zentralheizung schon wieder in Betrieb ist. Dann wärme ich mich dort auf und arbeite mit Vera zusammen.« Annemarie stülpte die Pelzmütze auf das Blondhaar.

»Kind, du hättest ebenfalls lieber im warmen Bett bleiben sollen. Das heißt Gott versuchen, bei solcher Kälte fortzugehen,« wandte Großmama ein.

»Überhaupt wo die Grippe jetzt so verbreitet ist. Man hat was weg, ehe man's denkt,« stimmte Tante Albertinchen ein.

Aber das Backfischchen lachte alle Bedenken der alten Damen fort. Was – am hellichten Tage sollte sie sich ins Bett legen, wo sie kerngesund war – nee, das war nichts für Doktors

Nesthäkchen, überhaupt man fror nur zu Hause, wenn man hinter dem Ofen hockte. Im Freien trieb einem die Kälte das Blut rascher durch die Adern, da wurde einem ganz warm. So behauptete Fräulein Grünschnabel, und übermütig ihre Muffe schwenkend, war sie davon.

Na, allzu warm war es gerade nicht auf der Straße. Die Kälte stach wie mit Nadeln. Die Fußgänger hatten Mantel- oder Pelzkragen bis über die Ohren hochgeschlagen. Sie trippelten wie auf einem Gletscher. Denn in Tausenden von Eiskristallen blitzte und funkelte die weiße Straße.

Doktors Nesthäkchen nahm den Weg zur elterlichen Wohnung. Erst mußte sie hören, ob ihre Mutti eine gute Nacht gehabt, und ob es ihr besser ginge.

Die Vordertreppe wagte sie sich noch immer nicht hinauf, aus Furcht, vom Vater erwischt zu werden. Im Hof war der Hausmeister gerade dabei, Kohlen von einem Handwagen abzuladen. Sein kleiner Pflegesohn, Annemaries besonderer Freund, half ihm dabei.

»Du, Mäxchen, wo habt ihr denn die Kohlen her?« Annemarie blickte mit so begehrlichen Augen auf die schwarzen Steine, als ob sie aus Schokolade wären.

»Ha' mer uns jeholt.«

»Woher denn, Max?«

»Det sag' ick nich – det sag' ick nich.« Der Junge sprang vor Vergnügen oder vor Kälte von einem Bein auf das andere.

»Du, Max, ich hab 'nen Bonbon.« Annemarie grabbelte mit erstarrten Fingern in ihrer Tasche herum.

Jetzt machte der Junge begehrliche Augen.

»Wo denn? Ach, Se haben ja jar keenen, Se schwindeln mich ja bloß was vor,« rief er ungezogen.

Wirklich, Annemarie fand den gesuchten Bonbon nicht mehr. Sie mußte ihn sich wohl schon selbst zu Gemüte geführt haben.

»Mäxchen, ich bringe dir morgen eine ganze Tüte voll mit, wenn du mir sagst, woher ihr die Kohlen habt,« versprach das junge Mädchen.

Aber statt zu antworten, machte der Bengel ihr eine lange Nase und weg war er, in die Portierwohnung hinein.

So eine Range! Dem hatte sie einst den schönen Namen Hindenburg beigelegt; für den Schlingel hatte sie sich gemüht und eigenhändig Windeln genäht, als Hans ihn vor Jahren als elternlosen Ostpreußensäugling mit heimgebracht hatte. Undank ist der Welt Lohn!

Sie mußte sich an den Hausmeister selbst halten. Vielleicht überließ der ihr sogar ein paar Kohlen für die Großmama. Denn Hanne, die auch schon einige Male ausgeholfen, konnte nichts mehr abgeben. Sonst mußte Vaters Sprechzimmer und das Krankenzimmer der Mutter ungeheizt bleiben.

»Ach, Herr Kulicke,« bat Annemarie, als der Mann sich wieder im Hof zeigte, um eine neue Ladung zu verstauen, »wo bekommt man denn Kohlen?«

Der Hausmeister war eigentlich als Grobian im Hause verschrien. Aber Doktors Nesthäkchen mit den strahlenden Blauaugen hatte es ihm wie jedem andern angetan. »Na, Fräuleinchen, weil Sie's sind – von'n Nordhafen habe ich se in aller Herrjottsfrühe heute schon herjekarrt. Was meine Ollsche is, die hätt' sonst heut' morjen keen Droppen Kaffee nich kochen können.«

»Ach, lieber Herr Kulicke, könnten Sie mir nicht ein paar Kohlen abgeben?« bettelte Annemarie. »Meine Großmutter muß heute im Bett bleiben, weil sie kein warmes Zimmer hat.«

»Wir haben ooch tagelang frieren müssen. Nu können die Reichen ooch mal sehen, wie dis is.«

Vater hatte recht: Der Kulicke war sicher Spartakist, dachte Annemarie. Trotzdem versuchte sie noch einmal ihr Heil. »Wir würden es Ihnen sehr gut bezahlen, Herr Kulicke, wenn Sie uns auch solch einen Wagen mit Kohlen besorgen würden.«

»Wenn ihr Kohlen haben wollt, holt se euch jefälligst alleene. Die Reichen denken bloß immer, für ihr Jeld können se allens haben. Nee, is nich! Die Zeiten sind vorbei. Ihr werdet schon nicht frieren, wenn ihr Kohlen schleppen dut wie unsereins. Sollt mal sehen, wie euch denn schwitzt. Hahaha –« Der Mann lachte höhnisch auf.

»Ich würde ja gern selbst Kohlen holen, aber ich habe doch keinen Wagen,« meinte Doktors Nesthäkchen kleinlaut.

»Den würd' ich Ihn' borjen, weil Se immer jut zu unsern Mäxeken jewesen sind,« lenkte der Mann, als er das betrübte Gesichtchen Annemaries sah, ein. »Aber allein könn'n Se den schweren Wagen nicht ziehen, dazu sind Se man zu spillerig. Was Ihre Herren Brieder sind, die kennen anfassen. Die vornehmen jungen Herren kennen ooch mal sehen, wat Schwielen an den Händen bedeuten.« Damit nahm Kulicke seine Last auf den Rücken.

Klaus – ja, Klaus mußte mit zum Nordhafen. Der hatte Kräfte. Der mußte für die Großmama Kohlen fahren helfen.

»Hanne, wie geht's Mutti heute?« Atemlos stieß Annemarie es hervor, so schnell war sie die zwei Treppen hinaufgelaufen.

»I, unse Frau Doktorn, die is janz mobil. Aber –«

»Ist Klaus da, Hanne? Rufen Sie ihn doch mal raus.« Annemarie war ganz erfüllt von ihrer Absicht.

»Ja, da sein tut er schon. Aber rufen kann ich ihn nich. Der Herr Klaus nämlich, den hat's jestern abend doll jepackt.«

»War er auf der Kneipe? Hat er wieder mal 'nen Kater?«

»Nee, aber die Jrippe hat er. Und zwar janz jehörig. Und wenn de hier noch lange rumstehst, Annemiechen, denn kriegt se dir auch bei'n Schlafittchen.« Hanne machte Miene, sie schon wieder auszusperren.

Aber Nesthäkchen klemmte den Fuß zwischen die Tür. »Einen Augenblick, Hanne, ist Hans vielleicht noch da?«

»Nee, Annemiechen, der is schon über 'ne Stunde aufs Jericht. Unser Herr Hans is jrade so fleißig wie sein Pappa. Aber nu jeh, Annemiechen, ich hab' keine Zeit nich. Bei uns is jetzt das reine Lazarett. Drei Patienten hab' ich zu pflegen. Aber so 'ne Krankenschwester, wie se drüben bei Thielens überall das jroße Wort fiehrt, die kommt mir hier nich rein.«

»Dann werden Sie bloß nicht auch noch krank, Hanne!«

»I, wo werd' ich denn – aber nu jeh' hübsch bei deine Frau Jroßmama'n, Annemiechen.« Die Tür flog wieder ins Schloß.

Annemiechen aber ging nicht »bei ihre Frau Jroßmama'n«, sondern in die Hausmeisterloge zu Herrn Kulicke.

»Was mach' ich denn nun bloß, Herr Kulicke? Mein Bruder Klaus ist krank, er hat die Grippe. Und mein ältester Bruder ist schon auf dem Gericht. Kann ich denn den Wagen wirklich nicht allein ziehen?«

»Nee, was nich jeht – jeht nich. Aber'n Kinderwagen von Mäxeken wer' ich Ihn' jeben. Da kennen Se jut und jerne 'n Zentner Preßkohlen drin holen.«

»Ach, lieber Herr Kulicke, ist das nett von Ihnen.« Annemarie drückte dem Hausmeister glückselig die Hand.

Der ziemlich wackelige Kinderwagen wurde hervorgeholt und Annemarie ließ sich den Weg zum Nordhafen beschreiben. Dann zog sie mit ihrer Equipage los.

Am Hause von Vera führte der Weg vorüber. Halt – Vera mußte mitkommen. Allein war der Winterausflug in den Norden Berlins ein wenig unbehaglich. Aber mit der Freundin zusammen, das war ganz etwas anderes. Da machte sogar das Frieren Spaß.

»Fein – daß du kommen zu mich, Annemie,« empfing Vera sie erfreut. »Ich haben gewillt – gewollen dich holen, weil heute wiederr ist warrm bei mich.«

»Drei Fehler in zwei Sätzen. Vera Burkhard, ich kann Ihnen unmöglich die Reife für Unterprima erteilen.« Annemarie guckte über einen nicht vorhandenen Kneifer hinweg wie ihr Ordinarius.

»Sie können geben mich sogleich eine Lektion prrivat, Herr Prrofessor,« lachte Vera.

»Dazu ist heute keine Zeit, Verachen. Ich habe meinen Kinderwagen unten im Hausflur und -«

»Was haben du?« Vera lachte, daß ihr die Tränen in die Augen traten. Nein, war die Annemie ulkig! »Eine Kinderrwagen du haben unten? Für welche Baby sollen es sein, für dirr oder mirr?«

»Für uns allebeide. Ich beabsichtige wie Cook und Nansen eine Nordpolexpedition zu unternehmen. Dazu wollte ich dich auffordern.«

»Annemie, gefrrieren wirr haben jetzt zwei lange Wochens. Ich nicht brrauchen mehrr zu rreisen zu Norrdpol,« ging Vera auf den Scherz ein.

»Schadet nichts. Du mußt mir heute deine Freundschaft beweisen und mitkommen.« Annemaries lustiges Grübchengesicht sah plötzlich ernst darein. »Ich will für meine Großmama Kohlen in dem Kinderwagen holen, damit sie sich nicht erkältet und krank wird.«

»Von das Norrdpol, Annemie?« Vera wurde nicht klug aus der Sache. War das nun Ernst oder Spaß?

»Ja, natürlich - schnell, zieh dich an. Aber warm machen mußt du dich, es ist verflixt kalt draußen.«

»Von das Norrdpol du wollen holen Kohlen? Rreden du auch nicht in Fieberr, Annemie? Sein du auch nicht krrank?« Ängstlich forschend betrachtete Vera das kälterote Gesicht der Freundin. Hatte sie am Ende auch die Grippe?

»Nee - nee - Verachen, ich bin ganz gesund. Du brauchst mich nicht so ängstlich anzusehen. Ich meine ja den Nordhafen und nicht den Nordpol, trotzdem es da wohl auch nicht kälter sein wird. Am Nordhafen werden von den Schiffen Kohlen verkauft, hat mir unser Portier gesagt. Da will ich für Großmama einen Zentner im Kinderwagen holen, und du sollst mir ziehen helfen.«

»Gerrn, aberr meine Tante nicht sein zu Hause. Ich nicht kann frragen ihrr Errlaubnis.«

»Desto besser!« Annemarie fürchtete wohl mit Recht die Einwendungen der Tante. »Mach' rasch – bis deine Tante nach Hause kommt, bist du längst wieder da.«

Einige Minuten später schoben ein blondes und ein schwarzes Backfischchen, mit lustigen Augen aus der Pelzvermummung herauslugend, einen leeren Kinderwagen durch die schneeglitzernden Straßen.

Trap – trap – trap ging's. Die Füße stampften den gefrorenen Schnee, um sich zu erwärmen. Der Weg zum Nordhafen war weit. Die eleganten Mietshäuser des Berliner Westens machten Geschäftsbauten, dann kasernenartigen Arbeiterhäusern Platz. Das Straßenpublikum veränderte sich ebenfalls. Man sah keine kostbaren Pelze mehr, sondern fadenscheinige Mäntel und Tücher, durch die der scharfe Nordostwind pfiff.

Die Mädchenaugen sahen nicht mehr lustig drein, sondern ziemlich jämmerlich. War man denn noch nicht bald da? Die Kälte prickelte in den Fingern, die den Wagengriff umspannt hielten.

»Wenn wir nachher den Zentner Kohlen nach Hause schieben, werden wir schon schwitzen,« tröstete Annemarie sich und die frierende Freundin. »Sieh nur, Vera, da kommen Kohlen – eins, zwei, drei Hundewagen. Nun ist es sicher nicht mehr weit,« frohlockte sie.

Mit neuen Kräften ging es vorwärts. Wirklich, bei der nächsten Straßenbiegung sahen die beiden den Nordhafen vor sich. Aber was sie noch erblickten, war nicht gerade dazu angetan, ihren gesunkenen Lebensmut zu heben. Schwarz von Menschen und Fuhrwerken aller Art wimmelte es vor ihnen bis zu den Kähnen hinunter, von denen die Kohlen ausgeladen wurden. Das war ein Gedränge und ein Geschrei, daß einem Sehen und Hören vergehen konnte.

Vera hielt die mutig vorwärts strebende Freundin ängstlich zurück.

»Wollen du gehen wirrklich in die Gewühl, Annemie?« fragte sie zögernd.

»Natürlich, denkst du, wir haben den weiten Weg in der Kälte gemacht, um jetzt das Hasenpanier zu ergreifen? Du kannst hier mit dem Kinderwagen warten, Verachen, ich werde sehen, daß ich Kohlen auftreibe. Auf Wiedersehen!« Da verschwand Annemaries dunkle Pelzmütze zwischen all den Menschen und Pferdeköpfen. Vera stand allein mit ihrem Kinderwagen da, und die Tränen schossen ihr in die Augen. War es vor Kälte oder vor Bangigkeit?

Hu – pfiff ein scharfer Wind vom Hafen her. Am Nordpol konnte es wirklich nicht eisiger sein als hier am Nordhafen. In der Tat, ein großes Opfer war es, das Annemarie heute von ihrer Freundschaft forderte.

Viertelstunde auf Viertelstunde verging. Annemarie kam nicht wieder. Vera hatte überhaupt kein Gefühl mehr in Händen und Füßen. Mit angstvollen Augen beobachtete sie den Zeiger der Kirchturmuhr drüben. Dreiviertel zwölf. Sie mußte nach Haus zu Tisch, wollte sie heute nachmittag nicht zu spät zur Schule kommen. Ob sie den Kinderwagen einfach im Stich ließ und fortging? Solche schwarzen Gedanken wälzte Vera in ihrem schwarzen Köpfchen. Jedes warme Freundschaftsgefühl hatte der eisige Nordost davongeblasen.

Da fühlte sie plötzlich etwas Heißes an ihren Lippen. Hinter ihr stand Annemarie und hielt ihr mit erklammten Fingern einen Topf schwarzen heißen Kaffees an den Mund. »Da trink, Verachen, daß du warm wirst. Es ist zwar kein Mokka, aber heiß ist er wenigstens. Ich habe ihn drüben in der Destille erstanden.«

»Haben du Kohlen?« Veras erstarrte Finger begannen an dem heißen Topf aufzutauen. Auch ihre erfrorenen Freundschaftsgefühle erwärmten sich unter Annemaries liebevoller Fürsorge wieder.

»Nee, noch nicht. Es ist ein zu großer Andrang. Da können wir bis morgen früh hier anfrieren. Aber einen Kavalier habe ich aufgegabelt, der mir die Kohlen besorgen wird.« Annemarie wies auf einen etwa fünfzehnjährigen Burschen, der ihr folgte.

»Er besorgt mir die Kohlen zur Großmama hin. Ich habe ihm zehn Mark dafür gegeben und ihm warmes Essen und ein Paar abgelegte Stiefeln von Klaus versprochen. Dafür tut er's. Wir können dann ruhig mit der elektrischen Bahn nach Hause fahren, den Kinderwagen lasse ich ihm hier.«

»Aber die Geld für die Kohlen? Du nicht können lassen frremde Mensch soviele Geld, Annemie,« flüsterte die Schwarze der Blonden warnend zu.

»Tu ich auch nicht, du Schlaukopf. Er will es auslegen. Heute nachmittag bekommen wir unsere Kohlen. Und nun schleunigst nach Hause, sonst denkt Großmama, ich sei irgendwo eingefroren.«

So gut es gehen wollte, schrieb Annemarie mit den klammen Fingern auf ein Notizblatt die Adresse der Großmama und überreichte sie ihrem Kavalier, der sie grinsend in Empfang nahm.

»Also, je mehr Kohlen, desto besser! Und passen Sie gut auf den Kinderwagen auf, es ist ein gepumpter.«

Dann fuhr Doktors schlaues Nesthäkchen, vor Kälte zitternd, aber stolz darauf, daß es seine Sache so fein gemacht hatte, mit Vera nach Haus.

Kulickes Kinderwagen sah kein Mensch mehr wieder. Doktor Braun mußte hohen Schadenersatz dafür leisten.

Großmama und Tante Albertinchen bekamen keine Kohlen, aber Annemarie und Vera – die Grippe

Ludwig Ganghofer:
Buch der Kindheit

(4. Kapitel Lebenslauf eines Optimisten 1909)

Er war von den Ärzten aufgegeben, hatte aber noch immer das Aussehen eines kerngesunden, nur ein bißchen unpäßlichen Mannes. Und wir Kinder glaubten, daß der Vater nicht wüßte, wie es um ihn stand - wir hielten, dem Spruch der Ärzte entgegen, auch selbst noch immer an einer zähen Hoffnung fest.

Und damals, am Vormittage, kam ich in Vaters Wohnung. Meine Schwester Berta, verweint und aufgeregt, erwartete mich an der Haustür und brachte das kaum heraus: »Heute früh ist der Franziskanerprior dagewesen!«

Etwas Schmerzendes krampfte sich um mein Leben, das Blut stieg mir zu Kopf, und im ersten sinnlosen Sturm, der mich durchwühlte, rannte ich ins Franziskanerkloster hinüber und ließ mich beim Prior melden.

Ein feines, liebenswürdiges Mönchsgesicht mit freundlichen Augen beschwichtigte meinen Aufruhr, bevor ich noch eine Silbe sprechen konnte. Ich bat: meinen Vater, der über seinen Zustand nicht informiert wäre und wohl auch noch Hoffnung auf Genesung hätte, durch Besuche nicht zu beunruhigen.

»Das hätte ich nie getan,« erwiderte der Prior ruhig, »ich kam nur, weil Ihr Herr Vater mich holen ließ.«

Verstört - einem Unbegreiflichen gegenüber - fand ich kein Wort mehr; und auf der Schwelle hörte ich noch, wie der Prior sagte: »Es war mir eine Freude, Ihren Herrn Vater kennen zu lernen. Das ist ein verehrungswürdiger Mann!«

Als ich mit stockendem Herzschlag zu Papa in die Stube trat, saß er bequem auf dem Sofa und sah mich lachend an: »Mir scheint, du weißt es schon?«

»Ja!« Mir wurde leichter ums Herz. »Aber geh, Vaterle, warum hast du denn das getan? Du bist doch wirklich nicht so krank ...«

»Ich weiß, ja, und ich komm auch ganz gewiß wieder auf. So ein bisserl Influenza! ... Aber es war mir für alle Fälle lieber, daß ich da sauberen Tisch gemacht habe. Bei uns im Lande Bayern wird's langsam duster. Halt wieder so ein Übergangl. Und da hat mich das immer beunruhigt, daß Ihr Kinder nach meinem möglichen Tod allerlei Unannehmlichkeiten haben könntet! Ich war ja doch eigentlich immer noch so quasi exkommuniziert! ... Na also, jetzt ist alles in der schönsten Ordnung!«

Ich brachte kein Wort heraus.

»Eigentlich war es ja auch ganz nett!« Der Vater lachte und begann in seiner behaglichen Art zu erzählen. »Dieser Prior ist ein ganz famoser und feinfühliger Mensch! Er hat mich ein bisserl an unser liebes Hegnenbacher Pfarrle erinnert. Und da ist mir's natürlich ganz leicht geworden, ihm alle meine fürchterlichen Sünden aufrichtig herzusagen. Ein paarmal hat er gefragt: Wie oft, wie oft? ... No, weißt, er hat's halt fragen müssen! ... Ja, mein lieber Herr Prior, hab ich gesagt, das weiß ich nimmer! ... No, sagt er halt so approximativ!« Der Vater lachte, daß ihm die Tränen kamen. »Hab ich's ihm halt in Gottesnamen so approximativ gesagt: zehnmal, zwölfmal, zwanzigmal!«

Ich atmete auf. Das Lachen des Vaters war eine Hoffnung! So könnte doch ein Mensch nicht plaudern, wenn er empfände oder wüßte, daß der Tod schon vor der Türe wartet?

Papa wurde plötzlich ernst. Und sagte mit jener Wärme, die immer in seiner Stimme war, wenn er ruhig und nachdenklich sprach: »Vielleicht ist das nicht recht, daß ich lache drüber? ... Denn was wahr ist, muß ich sagen: es hat mich gefreut, zu sehen, wie dieser nette, gute Franziskaner sich freute, weil ich Frieden schloß mit seinem Herrgott!« Der Vater schmunzelte wieder. »Na ja! Mit dem meinigen wär's nicht nötig gewesen! Ich glaub, der hat mir nie was verübelt!«

Und am folgenden Tage ging Papa mit lächelnder Ruhe hinüber zu dem verträglichen Gott, an den er glaubte.

Theodor Fontane:
Zwei Briefe
> (Wanderungen durch die Mark Brandenburg, 1873)

13. April 1833
Bin leider immer noch krank. Und hätte doch geglaubt, einen bequemeren Posten verdient zu haben, als den eines Nachtwächters, der die Stunden abhusten muß.

14. April 1833.
Die Grippe nimmt schweren Abschied von mir. Ich kann es ihr nicht verdenken; es ging ihr so gut bei mir. Aber sie muß fort.

Theodor Fontane:
Der Stechlin
> (36. Kapitel 1899)

Es dämmerte schon, als der kleine Jagdwagen auf der Rampe vorfuhr. Sponholz stieg aus und Engelke nahm ihm den grauen Mantel mit Doppelkragen ab und auch die hohe Lammfellmütze, darin er – freilich das einzige an ihm, das diese Wirkung ausübte – wie ein Perser aussah.

So trat er denn bei Dubslav ein. Der alte Herr saß an seinem Kamin und sah in die Flamme.

„Nun, Herr von Stechlin, da bin ich. War über Land. Es geht jetzt scharf. Jeder dritte hustet und hat Kopfweh. Natürlich Influenza. Ganz verdeubelte Krankheit."

„Na, die wenigstens hab' ich nicht."

„Kann man nicht wissen. Ein bißchen fliegt jedem leicht an. Nun, wo sitzt es?"

Dubslav wies auf sein rechtes Bein und sagte: „Stark geschwollen. Und das andre fängt auch an."

„Hm. Na, wollen mal sehen. Darf ich bitten?"

Dubslav zog sein Beinkleid herauf, den Strumpf herunter und sagte: „Da is die Bescherung. Gicht ist es nicht. Ich habe keine Schmerzen... Also was andres."

Sponholz tippte mit dem Finger auf dem geschwollenen Fuß herum und sagte dann: „Nichts von Belang, Herr von Stechlin. Einhalten, Diät, wenig trinken, auch wenig Wasser. Das verdammte Wasser drückt gleich nach oben, und dann haben sie Atemnot. Und von Medizin bloß ein paar Tropfen. Bitte, bleiben Sie sitzen; ich weiß ja Bescheid hier." Und dabei ging er an Dubslavs Schreibtisch heran, schnitt sich ein Stück Papier ab und schrieb ein Rezept. „Ihr Kutscher, das wird das beste sein, kann bei der Apotheke gleich mit vorfahren."

Cholera und Gelbfieber

Theodor Rumpf:
Die Bekämpfung übertragbarer Erkrankungen
(Deutschland unter Kaiser Wilhelm II. Band 3
Soziale Medizin und Hygiene 1914)

Unter den Volksseuchen, welche von Zeit zu Zeit verheerend in Deutschland einbrachen, war die Cholera schon lange ein eifriger Gegenstand der Forschung gewesen. Die Versuche, den Erreger derselben zu entdecken waren erfolglos geblieben. Die neuen Untersuchungsmethoden Kochs ließen ein besseres Resultat erwarten. Als daher im Jahre 1883 ein neuer Seuchenzug der Cholera begann, ordnete Kaiser Wilhelm I. die Entsendung einer Kommission zum Studium der Erkrankung an. Die Leitung dieser Expedition wurde Robert Koch übertragen, dem die Ärzte Dr. Gaffky und Dr. Fischer beigegeben wurden. Die Kommission begann ihre Studien in Ägypten und setzte dieselben, als dort die Seuche erlosch, in Indien dem Heimatlande der Cholera fort. Es gelang Robert Koch durch mühsame und ausgedehnte Untersuchungen als Erreger der Cholera einen spezifischen Bazillus von gekrümmter Form (Kommabazillus) nachzuweisen, der die Erkrankung durch Eintritt in den Magen-Darmkanal des Menschen hervorruft. Die schon früher gemachten Erfahrungen über die Verbreitung der Cholera wiesen auch auf die Wege hin, auf welchen die Mikroorganismen in den menschlichen Körper gelangen.

Der Entdeckung des Choleraerregers folgte in den nächsten Jahren der Nachweis anderer spezifischer Mikroparasiten bei verschiedenen Infektionskrankheiten. Pfeiffer entdeckte den Erreger der Influenza. Als Ursache der Genickstarre wurde von Weichselbaum im Jahre 1887 ein Diplokokkus erkannt, der auch in dem Rachen von Gesunden vielfach konstatiert wurde. In einer kurzen Spanne Zeit war eine wichtige Entdeckung der anderen gefolgt, nachdem in den vorhergehenden Jahrzehnten nur die Ätiologie des Rückfallfiebers und der Malaria geklärt war. Aber auch zur genaueren Kenntnis dieser Erkrankungen trugen Robert Kochs und seiner Schüler Arbeiten und Anregungen wesentlich bei. Dagegen sind die Erreger von Tollwut, Masern, Scharlach und Pocken bisher nicht mit Sicherheit bekannt.

Die neuen Funde ließen die Möglichkeit einer rationelleren Bekämpfung der übertragbaren Erkrankungen erhoffen, als sie seither möglich war. Auf diesen Erwartungen aufbauend entstand das Reichsgesetz betreffend die Bekämpfung gemeingefährlicher Krankheiten, das am 30. Juni 1900 Gesetzeskraft erlangte.

Dieses bestimmt, daß jede Erkrankung und jeder Todesfall an Aussatz (Lepra), Cholera (asiatischer), Fleckfieber (Flecktyphus), Gelbfieber, Pest (orientalischer Beulenpest), Pocken, sowie jeder Fall, welcher den Verdacht dieser Krankheiten erweckt, unverzüglich der zuständigen Polizeibehörde anzuzeigen ist. Diese Anzeigepflicht ist durch Bekanntmachung des Reichskanzlers auch auf den Milzbrand ausgedehnt worden.

Nach den meisten landesrechtlichen Gesetzen sind außerdem jede Erkrankung und jeder Todesfall an Diphtherie, Genickstarre, Kindbettfieber, Körnerkrankheit, Rückfallfieber, übertragbarer Ruhr, Typhus, Scharlach, Rotz, Tollwut, Fleisch-, Fisch- und Wurstvergiftung sowie Trichinose möglichst umgehend nach erlangter Kenntnis anzuzeigen. In einzelnen Bundesstaaten sind auch Fälle von Masern, Röteln, Mumps, Keuchhusten, Beri-Beri und Skorbut sowie Todesfälle von Kehlkopf- und Lungentuberkulose anzeigepflichtig.

Joseph Roth:
Das falsche Gewicht

(1937)

29. Kapitel

Es ging alles gut, oder halbwegs gut, bis zu jenem Tage, an dem das Unwahrscheinliche geschah. Es war nämlich so, als ob der Winter plötzlich aufgehört hätte, ein Winter zu sein. Er hatte einfach beschlossen, kein Winter mehr zu sein. Mit Entsetzen hörten die Einwohner des Bezirks das Eis über der Struminka krachen, kaum eine Woche nach Weihnachten. Laut einer alten Sage, die in der Gegend umging, bedeutete dieses Krachen des Eises ein großes Unglück für den kommenden Sommer. Alle Menschen waren sehr erschrocken, und mit verstörten Gesichtern gingen sie einher.

Nun, sie hatten recht. Die alte Sage hatte recht. Es begann nämlich, ein paar Tage nach dem Krachen des Eises, eine fürchterliche Krankheit in der Stadt zu wüten, eine Krankheit, die sonst nur in heißen Sommern aufzutreten pflegte: Es war die Cholera.

Es taute an allen Enden und Ecken, man hätte sagen können, der Frühling sei schon gekommen. In den Nächten regnete es. Es regnete sachte und gleichmäßig, es sah aus wie ein Trost des Himmels, aber es war ein falscher Trost des Himmels. Schnell starben die Menschen dahin, kaum waren sie drei Tage krank gewesen. Die Ärzte sagten, es sei die Cholera, aber die Leute in der Gegend behaupteten, es wäre die Pest. Es ist aber auch gleichgültig, was für eine Krankheit es war. Jedenfalls starben die Leute.

Als das Sterben gar kein Ende mehr nehmen wollte, begann die Statthalterei, viele Ärzte und Medikamente nach dem Bezirk Zlotogrod zu schicken.

Es gab aber viele, die sagten, Ärzte und Medikamente würden höchstens schaden und die Verordnungen der Statthalterei seien noch schlimmer als die Pest. Das beste Mittel, sich das

Leben zu – bewahren so sagten sie –, sei der Alkohol. Es begann also ein gewaltiges Trinken. Gar viele Leute, die man sonst dort nicht gesehen hatte, kamen jetzt nach Szwaby in die Grenzschenke.

Auch der Eichmeister Eibenschütz begann, in unmäßiger Weise zu trinken. Und zwar nicht so sehr deshalb, weil er die Krankheit und den Tod fürchtete, sondern weil ihm die allgemein gewordene Sucht zu trinken sehr gelegen war. Es lag ihm keineswegs daran, der großen Seuche zu entgehen, sondern vielmehr seinem eigenen Leid. Ja, man könnte sagen, daß er geradezu die Seuche begrüßte. Denn sie bot ihm Gelegenheit, seinen eigenen Schmerz zu mildern, und ihm schien es, er sei so riesengroß, wie es keine Seuche sein könne. Er sehnte sich eigentlich nach dem Tode. Die Vorstellung, daß er eines der vielen Opfer der Cholera werden könnte, war ihm sehr angenehm, ja sogar vertraut. Aber wie den Tod erwarten, wenn man nicht wußte, ob er wirklich kommen würde, ohne sich zu betäuben?

Also trank der Eichmeister Eibenschütz.

Alle, die noch am Leben blieben, ergaben sich dem Schnaps, von den Deserteuren nicht zu reden. Drei Gläubiger Jadlowkers hatte die Cholera schon dahingerafft, und übrig blieb nur der kleine Kapturak, der unverwüstliche Kapturak. Auch er trank, sein gelbes, zerknittertes Gesicht rötete sich nicht, nichts konnte ihm etwas anhaben, weder die Bazillen noch der Spiritus.

Freilich starben nicht alle, aber viele lagen krank danieder.

In der Grenzschenke spielten nur noch der Eichmeister, der Gendarm Slama, der Gauner Kapturak und der Maronihändler Sameschkin. Man konnte ihn überhaupt kaum noch einen Maronihändler nennen. Er verkaufte nämlich fast gar keine Kastanien mehr. Wie sollte man auch Kastanien in einer Gegend verkaufen, in der die Cholera herrschte? Und welch eine Cholera!

Die Leute starben wie die Fliegen. Das sagt man so, in Wirklichkeit sterben die meisten Fliegen langsamer als die Menschen. Es dauerte drei oder acht Tage, je nachdem, dann wurden die Menschen blau. Die Zungen hingen aus den offenen Mündern. Sie taten noch ein paar Atemzüge, und schon waren sie hinüber. Was nützten die Ärzte und die Medikamente, die man von der Statthalterei geschickt hatte? Eines Tages kam von der Militärbehörde der Befehl, das Regiment der Fünfunddreißiger möge unverzüglich den Bezirk Zlotogrod räumen, und jetzt entstand ein noch größerer Schrecken. Bis jetzt hatten die armen Leute geglaubt, der Tod sei gleichsam nur zufällig durch ihre Häuser und Hütten gegangen. Nun aber, da man die Garnison verlegte, war es auch von Staats wegen beschlossen und besiegelt, daß die »Pest«, wie sie es nannten, eine dauernde Angelegenheit war. Der Winter wollte gar nicht wieder anfangen. Man sehnte sich nach dem Frost, den man sonst so gefürchtet hatte. Es kam kein Frost, es kam kein Schnee, es hagelte höchstens bisweilen, und meist regnete es. Und der Tod ging um und mähte und würgte.

Eines Tages ereignete sich etwas ganz Seltsames. Es fiel nämlich ein paar Stunden lang ein roter Regen, ein Blutregen, sagten die Leute. Es war eine Art rötlichen, ganz feinen Sandes. Er lag zentimeterhoch in den Gassen und fiel von den Dächern. Es war, als bluteten die Dächer. Da erschraken die Leute noch mehr als damals bei der Verlegung der Garnison. Und obwohl noch eine Kommission von der Statthalterei nach dem Bezirk Zlotogrod geschickt wurde und obwohl diese gelehrten Herren den Leuten in der Gemeindestube erklärten, der Blutregen sei ein roter Sand, der von weit her, aus der Wüste, durch ein besonderes, aber der Wissenschaft bekanntes Phänomen hierhergekommen sei, wich die fürchterliche Angst nicht aus den Herzen der Leute. Und sie starben noch schneller und jäher als vorher. Sie glaubten, das Ende der Welt sei angebrochen; und wer hätte da noch Lust zum Leben haben können?

Die Cholera verbreitete sich mit der Schnelligkeit eines Feuers. Von Hütte zu Hütte, von Dorf zu Marktflecken, von da ins nächste Dorf. Unversehrt blieben nur die einzelstehenden Gehöfte und das Schloß des Grafen Chojnicki.

Unversehrt blieb auch die Grenzschenke in Szwaby, obwohl so viele Menschen dort ein- und ausgingen. Es schien, als erstürben die Bazillen sofort im Dunst des Alkohols, der die Schenke umwölkte.

Was aber den Eichmeister Eibenschütz betraf, so trank er keineswegs etwa aus Angst vor der Epidemie. Im Gegenteil: Er trank nicht, weil er sich vor dem Sterben fürchtete, sondern weil er am Leben bleiben mußte, am Leben bleiben, ohne Euphemia. Seit einiger Zeit sah er sie überhaupt nicht. Kapturak und Sameschkin versorgten gemeinsam den Laden. Es kamen überdies nur wenige Kunden. Weiß Gott, was Euphemia ganze Tage lang allein in ihrem Zimmer machte. Was machte sie nur?

Eines Nachts, nachdem er sehr viel getrunken hatte, Met und Neunziggrädigen durcheinander, faßte der Eichmeister Eibenschütz den wirren Entschluß, in ihr Zimmer zu gehen. Sein Zimmer war es doch eigentlich. Er konnte es anders nicht mehr aushalten. Je verworrener seine Gedanken wurden, desto klarer stand vor seinen Augen das Bild der Euphemia. Er hätte sie beinahe mit den Händen greifen können, die nackte Euphemia, so, wie sie vor ihm dalag. Wenigstens anrühren will ich sie, dachte er sich, nur anrühren! Gar keine von den Wonnen, die ihr Körper enthält. Aber anrühren, anrühren!

»Anrühren! Anrühren!« sagte er auch laut vor sich hin, während er die Treppe hinauftorkelte. Die Tür war offen, er trat ein, Euphemia drehte ihm den Rücken zu. Sie saß da im halbdunklen Zimmer und sah zum Fenster hinaus. Was mochte sie draußen zu betrachten haben? Es regnete wie alle Tage. In der finsteren Nacht, im Regen, was suchte sie eigentlich hinter den Fenstern? Ein winziges Naphthalämpchen brannte. Es stand hoch oben auf dem Kleiderschrank. Es erinnerte Eibenschütz an einen trüben und törichten Stern.

Warum wandte sie sich nicht um? War er so leise eingetreten? Er war unfähig, sich darüber Rechenschaft zu geben, wie er eingetreten war. Er wußte jetzt nicht einmal mehr, wann es gewesen sein konnte. Er schwankte zwar, aber es schien ihm, daß er stehe. Seit Ewigkeiten stand er so da.

»Euphemia!« rief er.

Sie wandte sich um, sie stand sofort auf, sie kam zu ihm. Sie legte die Arme um seinen Hals, rieb ihre Wange an der seinen und sagte: »Nicht küssen! Nicht küssen!« Sie ließ ihn wieder los. »Es ist traurig, du!« sagte sie. Ihre Arme hingen schlaff am Körper, zwei verwundete Flügel. Sie erschien Eibenschütz jetzt überhaupt wie ein großer, schöner, verwundeter Vogel. Er wollte ihr sagen, sie sei ihm das Teuerste auf der Welt und er wolle für sie sterben. Aber er sagte nur, gegen seinen Willen: »Ich fürchte nicht die Cholera! Ich fürchte nicht die Cholera!« Und dabei hatte er so viel schöne, zärtliche Worte im Herzen für Euphemia. Aber die Zunge gehorchte nicht. Die Zunge gehorchte nicht.

Er fühlte plötzlich, daß ihm schwindelte, und er lehnte sich gegen die Tür. In diesem Augenblick wurde sie aufgestoßen, und Eibenschütz fiel nieder. Er wußte alles, was vorging. Er sah genau, wie Sameschkin eintrat, zuerst eine Sekunde erstaunt stehenblieb, dann hörte er, wie Sameschkin mit seiner fröhlich grölenden Stimme fragte: »Was macht er hier?« und wie Euphemia antwortete: »Du siehst ja! Er hat sich geirrt, er ist besoffen.«

Ich bin also besoffen, dachte der Eichmeister Eibenschütz. Er fühlte sich unter den Armen angefaßt, Sameschkin war es sicher nicht, es waren starke Arme, und zur Tür, die noch halb offenstand, hinausgeschleppt. Er fühlte, wie man ihn wieder losließ, und er hörte noch deutlich, daß ihm Sameschkin eine gute Nacht wünschte.

Das ist wahrhaftig eine gute Nacht, dachte er. Und er schlief ein, wie ein Hund, quer vor der Tür der geliebten Euphemia, neben den Stiefeln Sameschkins.

30. Kapitel

Am Morgen, sehr früh, weckte ihn der Diener Onufrij. Er hatte einen Brief für den Eichmeister, einen Brief mit einem Amtsstempel. Der Eichmeister Eibenschütz erhob sich, zerschlagen und müde, wie er war, von der harten, kalten Diele. Er schämte sich ein wenig vor dem Diener Onufrij, weil er hier, vor der Schwelle Euphemias, geschlafen hatte. Er erhob sich und las den Brief mit dem Amtsstempel. Dieser Brief war vom Bezirksarzt Doktor Kiniower abgesandt und enthielt folgenden Text:

»Sehr geehrter Herr Eichmeister, pflichtgemäß teile ich Ihnen mit, daß Ihr Kind gestern abend gestorben ist. Ihre Frau ist in Lebensgefahr. Sie wird, meiner Meinung nach, die folgende Nacht nicht mehr überstehen.

Hochachtungsvoll

Doktor Kiniower«

Der Brief war kaum leserlich, auf einem Rezeptblatt geschrieben, in hastiger, medizinischer Schrift. Dennoch erschütterte sie den Eichmeister Eibenschütz.

Er ließ einspannen, er fuhr nach Hause.

Er fand seine Frau im Bett, in dem gleichen Bett, in dem er mit ihr immer geschlafen hatte. Jetzt war es von Medizinen aller Art umstellt, und es roch nach Kampfer, betäubend und erschütternd. Sie erkannte ihn sofort. Sie war vollkommen verändert. Sie sah bläulich aus, ihre Lippen waren beinahe violett. Er erinnerte sich genau an diese Lippen, als sie noch rot gewesen waren wie Kirschen, und daß sie ihn geküßt hatten. Er fürchtete sich nicht vor der Krankheit. Was brauchte er den Tod zu fürchten? Seine Frau selbst hatte Angst, ihm die Hand zu geben, eine kraftlose, gelbe Hand, ein paarmal streckte sie sich ihm entgegen, als hätte sie keinen eigenen Willen. Einmal sagte die Frau, offenbar mit großer und letzter Kraft: »Mann, ich habe dich immer geliebt. Muß ich sterben?« Es erschütterte den Eichmeister Eibenschütz, daß sie ihn nicht beim Vornamen, sondern nur »Mann« nannte. Er wußte auch nicht, weshalb es ihn so ergriff.

Das tote Kind war längst hinausgebracht worden, die Frau wußte nicht einmal, daß es gestorben war. Die Nonne saß reglos am Fußende des Bettes, den Rosenkranz mit dem Kreuz in der Hand. Sie war still wie ein Heiligenbild, nur ihre Lippen bewegten sich, und von Zeit zu Zeit hob sie die Hand und schlug das Kreuz. Am Kopfende saß Eibenschütz. Er beneidete die Nonne um ihre Unbeweglichkeit. Er mußte immer wieder aufstehen und ein paar Schritte machen und zum Fenster gehen und in die Trübsal des Regens hinausblicken. Er hätte gern seiner Frau etwas Gutes tun wollen. Musik machen zum Beispiel. Als Knabe hatte er einmal Geige gespielt. Manchmal ging ein Schüttern durch den Körper der Sterbenden. Das ganze breite Bett schüttelte und quietschte. Manchmal erhob sie sich steil, wie eine tote Kerze sah sie aus in der glatten weißen Jacke. Bald fiel sie wieder zurück, wie eine umgestürzte Sache umfällt, nicht wie ein Mensch.

Der Doktor kam. Er konnte nicht mehr helfen. Er konnte nur erzählen, daß das einzige Krankenhaus des ganzen Bezirks längst überfüllt sei. Die Kranken lagen auf dem Boden. Man mußte die Neuerkrankten in den Häusern lassen. Er roch eindringlich nach Kampfer und Jodoform. In einer Wolke aus Gestank ging er einher.

Er ging. Und es wurde sehr einsam im Zimmer. Die Nonne stand plötzlich auf, um die Kissen zu richten, und das war wie ein großes Ereignis. Sie setzte sich sofort wieder hin und erstarrte. Der Regen sang leise auf den Fensterbrettern. Manchmal hörte man auch draußen schweres Räderrollen. Es fuhren die zwei Lastfuhrwerke der Gemeinde vorbei, hoch beladen mit Särgen und schwarz überdeckt. Die Kutscher trugen schwarze Kapuzen, und das regennasse Schwarz schimmerte, und obwohl es noch Tag war, waren die Laternen hinten an dem Wagen angezündet. Sie blinkten trübe und baumelten und schaukelten, und man glaubte auch zu hören, daß sie klirrten, obwohl es der schweren Räder wegen unmöglich war. Die schweren Pferde trugen überdies ein Gehänge von viel zu zarten Glöckchen, die sachte wimmerten. Manchmal fuhr der halboffene Wagen der Pfarrei vorüber. Der Priester saß darin mit dem Allerheiligsten. Der lahme Gaul trottete langsam dahin, die Räder knirschten deutlich hörbar im zähen Schlamm. Sehr selten huschte ein Fußgänger vorbei, überdacht von einem Regenschirm. Auch der sah aus wie eine festgespannte Leichenplache. Im Zimmer tickte die Uhr, die Frau atmete, die Nonne flüsterte.

Als der Abend zu dämmern begann, entzündete die Schwester eine Kerze. Einsam stand sie, unwahrscheinlich groß und einsam in der Mitte des Zimmers, in der Mitte auf dem runden Tisch. Ihr Licht war spät und gütig. Es schien dem Eichmeister, sie sei das einzig Gütige in der Welt. Plötzlich erhob sich die Frau. Sie streckte beide Arme nach dem Mann aus und fiel sofort mit einem sehr schrillen Schrei zurück. Die Schwester beugte sich über sie. Sie schlug das Kreuz und drückte der Toten die Augen zu.

Eibenschütz wollte näher treten, aber die Nonne wies ihn zurück. Sie kniete nieder. Ihr schwarzes Kleid und ihre weiße Haube sahen auf einmal sehr mächtig aus. Sie erinnerte an ein schwarzes Haus mit einem verschneiten Dach, und dieses Haus trennte Eibenschütz von seinem toten Weibe. Er drückte seine heiße Stirn gegen die kühle Scheibe und begann, heftig zu schluchzen.

Er wollte sich schneuzen, suchte nach dem Taschentuch, fand es nicht, griff aber nach der Flasche, die er seit Wochen stets bei sich trug, zog sie hervor und tat einen tiefen Schluck.

Sein Schluchzen erlosch sofort. Er ging leise hinaus, ohne Hut und Mantel, und stand da, im faulen, fauligen Geriesel des Regens. Es war, als regnete ein Sumpf hernieder.

Karl Emil Franzos:
Kossowiczs Rache

(Das Kind der Sühne 1876)

Es war am 7. Juli 1866 – das Schicksal hat dafür gesorgt, daß
ich das Datum nie vergesse – morgens halb neun im Lehrsaal
der Septima zu Czernowitz in der Bukowina; Unterprima würde man die Klasse in Deutschland nennen. Auf dem Katheder
stand der Professor Wilhelm Lang, der ehrgeizige Mann, der
mit uns den Horaz schon in Septima las, die schlanke, elegante
Gestalt leicht vorgeneigt, sein Prüfungsbüchlein in der weißen,
weichen, beringten Hand. »Kossowicz!« hatte er eben gerufen
und dazu gelächelt, wie er immer zu lächeln pflegte, wenn er
den großen, plumpen, dicken Menschen aufrief. Und der ein-
fältige rumänische Popensohn hatte sich erhoben und die as-
klepiadische Strophe schlecht skandiert und stotterte nun bei
der Übersetzung – alles wie immer. Wir Schüler aber grinsten
fröhlich, nie machte Professor Lang bessere Witze, als wenn er
den Kossowicz Eusebius prüfte, unsern armen, vielgehänselten
»ultimus ultimorum«.

Diesmal sollte es nun vollends so lustig werden wie nie vorher. »Nil pictis timidus navita puppibus fidit«, hatte der Rumäne gelesen und sollte es nun übersetzen. »Der furchtsame
Schiffer vertrauet nicht ... «, begann er, »vertrauet nicht ... «

»Seinem natürlichen Genie«, fiel der Professor ein, »sondern präpariert sich!«

Die Klasse wieherte. »Kossowicz! Was heißt pingere?«

»Malen«, flüsterte ein barmherziger Nachbar dem Prüfling
ein.

»Malen«, wiederholte Kossowicz.

»Und puppis?«

»Hinterteil des Schiffs«, flüsterte derselbe Nachbar wieder.
Aber Kossowicz verstand nur das erste Wort. Über das stumpfe Gesicht flog es wie ein Leuchten.

42

»Ich weiß schon!« sagte er freudig in seinem seltsamen Deutsch. Und dann mit Donnerstimme, jede Silbe wuchtig betonend: »Der furchtsame Schiffer vertrauet nicht auf sein bemaltes Hinterteil!«

Wir brüllten los, daß die Wände widerhallten. Auch Lang lachte und lachte, daß die Tränen über die Backen liefen. Dann aber rief er:

»Kossowicz Eusebius, setzen Sie sich auf Ihre puppis. Schade, daß Sie schon zu alt sind, um sie Ihnen blau und rot zu streichen: Es würde nichts mehr nützen!«

Seltsam, darauf blieb es still. Wir waren übermütige Bengels zwischen fünfzehn und siebzehn, Kossowicz unser Prügelknabe, Lang unser Abgott, jeder Witz von ihm wurde belacht, diesmal schwiegen wir. Denn wir fühlten: Das geht zu weit! So darf man einen dreiundzwanzigjährigen Mann nicht behandeln. Der arme, tölpelhafte Mensch, der spät aufs Gymnasium gekommen und jede Klasse zweimal durchmachte, war vielleicht nur zwei Jahre jünger als unser eleganter Lehrer.

Auch Kossowicz empfand es so. Zuerst stand er regungslos, das dumpfe, stumpfe Antlitz vorgeneigt, offenbar verstand er den »Witz« noch nicht. Dann ging ein Zucken durch den wuchtigen Körper, er wurde totenbleich.

»Herr Professor!« lallte er fast drohend. »Ich –« Weiter kam er nicht. In demselben Augenblick tat sich die Tür auf, der Direktor trat ein. Wir schnellten von den Sitzen empor, nicht bloß, weil es die Vorschrift gebot, auch aus Überraschung und Erwartung. Der Direktor kam während des Unterrichts – das war unerhört und mußte die gewichtigsten Gründe haben.

Keine angenehmen, das sah man dem würdigen Manne vom Antlitz ab. Stefan Wolf hieß er, wir nannten ihn Gorgias, weil er diesen Dialog des Plato in jeder Rede zitierte. Sein Antlitz war bleich, und der mächtige Schnurrbart zitterte.

Er trat aufs Katheder neben den Professor, der ihn nicht minder erstaunt anblickte als wir.

»Also«, begann er – nie hat ein sterbliches Ohr eine Rede des Wackeren vernommen, die mit einem anderen Wort begönnen hätte – »also, Sie können gehen. Also, der Unterricht für das Schuljahr ist zu Ende. Die Zeugnisse können Sie nach einer Woche bei mir abholen ... «

Ein Laut der Überraschung aus fünfzig Kehlen, dann ein Summen und Surren. »Warum?« riefen einige.

»Unfug!« donnerte Gorgias. »Schweigen Sie! Also, der Herr Landeschef hat es eben verfügt. Also – der Krieg, der entsetzliche Krieg. Also« – der Schnurrbart zitterte konvulsivisch – »die Schlacht von Königgrätz ... aber damit nicht genug. Also« – und bei diesen Worten hüpfte der Schnurrbart vollends wie ein selbständiges Wesen auf und nieder – »die Cholera ... «

Wieder ein Rufen und Flüstern.

»Unfug! Schweigen Sie! In solchen Zeiten ärgert man seinen Direktor nicht. Auch Obst dürfen Sie nicht essen. Also, wer Gurken ißt – Unfug, der streng bestraft werden muß! Also, heute Nacht sind in der Wassergasse drei Menschen gestorben! Gehen Sie nach Hause!« Wir begannen die Bücher zusammenzupacken.

»Ruhe! Unfug!« donnerte er wieder. »Im Gorgias sagt Plato ... « Er hielt inne. »Nein, das sage ich Ihnen morgen – wollte sagen nächstens. Also – die Cholera, Galle – Gallenruhr. Jede andere Ableitung ist falsch.« Und er wiederholte mit furchtbarer Entschiedenheit: »Ganz falsch, hört Ihr!« Dann aber brach sich die Stimme des Mannes – ich bin im Leben selten einem warmherzigeren begegnet. »Adieu Jungens! Schwere Zeiten! Haltet Euch vernünftig und fürchtet Euch nicht. Wir stehen in Gottes Hand. Auf Wiedersehen – im Herbst. Alle, hoffentlich wir alle.«

Und er rannte hinaus, damit wir die Tränen in seinen Augen nicht sehen sollten, und wir alle hinterdrein, er, die nächste Klasse aufzulösen, wir über die Korridore auf die Gasse.

Sie lag im Glanz der Julisonne. Die Kinder spielten auf den Trottoirs, die Leute gingen ihren Geschäften nach. Nirgendwo eine erregte Miene, ein ängstliches Wort. Wir lachten, riefen, pufften uns. Hätten uns nicht die letzten Worte des guten Alten, den wir alle, trotz seiner eigentümlichen rednerischen Leistungen wie einen Vater liebten und ehrten, im Ohr nachgeklungen, unsere Freude über die unverhofft frühen Ferien wäre eine ungetrübte gewesen.

Erst auf dem Marktplatz klang uns wieder jener Name entgegen, dessen richtige Ableitung er uns so energisch eingeschärft, aber auch nicht eben in furchterregender Art. Zwei Polizisten gingen von einer Hökerfrau zur anderen und konfiszierten die unreifen Kirschen und Stachelbeeren. Die Weiber jammerten, die Umstehenden lachten, auch die Polizisten nahmen ihr Geschäft nicht ernst. »Dumme Sache! Aber der Herr Bürgermeister hat's befohlen! Die Cholera! Platz, Ihr Leute!«

In der Siebenbürger Gasse holte ich meinen Coetanen Kossowicz ein. Er ging gesenkten Hauptes dahin und wich niemand aus, daß ihn die Leute zornig oder lachend aus dem Wege schoben. Ich holte ihn ein und sprach ihn an. »Nimm's dir nicht zu Herzen«, suchte ich ihn zu beruhigen. »Er hat's nicht so böse gemeint.«

Er schüttelte den großen, unförmigen Kopf. »Is mir bitter«, sagte er dumpf. »Is mir sehr bitter! Lang is Hund!« schrie er dann gellend auf.

»Das ist er nicht!« sagte ich. »Freilich hätte er den Witz nicht machen sollen!«

»Is Hund!« wiederholte er. »Bin ich schlecht? Nein! Bin ich faul? Nein! Bin ich Bub? Nein! Schlechten, faulen Bub droht man mit Prügel, aber mir? Ich bin ein alter Mensch mit Bart, unglücklicher Mensch! Warum? Kein Kopf zum Studieren! Muß doch studieren! Will Bauer werden, soll Pope werden. Guter Mensch hätte Mitleid mit mir – also Kossowicz kann nichts, bekommt dritte, aber man läßt ihn in Ruh! Schlechter Mensch tut mir das an! Aber ich werd' ich es ihm zeigen – ruf mich Hund, wenn ich's nicht tu'!«

Auf dem stumpfen Antlitz lag der Ausdruck eines ehernen Entschlusses. »Kossowicz«, sagte ich erschreckt und legte ihm die Hand auf die Schulter, »du wirst dich an Lang nicht rächen! Du wirst dich nicht unglücklich machen!«

»Mir ist alles eins«, erwiderte er. »Unglücklich bin ich auch so! Aber er soll lernen besser sein und vor Gott Furcht haben!«

»Was willst du tun?« fragte ich und hielt ihn fest.

»Wirst hören«, erwiderte er, riß sich los und trat in das kleine ebenerdige Haus, wo er mit vielen anderen Schülern bei einer Pfarrerswitwe zur Miete wohnte.

Das nahm ich viel schwerer als die Cholera und setzte meinen Weg ernster fort als bisher. Erst daheim kam mir eine Ahnung von dem Entsetzlichen, das der Name in sich barg. Als ich mit der Kunde ins Zimmer trat, ward das Antlitz meiner Mutter bleich wie das Linnen, an dem sie nähte. »Das ist furchtbar ... «, murmelte sie mit entfärbten Lippen. »Wenn es so kommt wie vor fünfunddreißig Jahren ... « Und sie erzählte mir von der Choleraepidemie von 1831, die sie als junges Mädchen in Brody durchgemacht, wie jeder zehnte Mensch gestorben und es nicht mehr Hände genug gegeben, die Toten zu bestatten.

Ich hörte zu, und weil sie selbst erregt war, machte es auch mir Eindruck, aber tief war er nicht. Dann nahm ich wieder die Mütze vom Nagel und wollte gehen.

»Wohin?«

»Zum Kossowicz. Der arme Kerl soll keine Dummheiten machen!« Ich erzählte ihr, um was es sich handelte.

Sie nickte. »Aber bis zwölf bist du zurück. Wir gehen zu deinem Vormund, der heute seinen Geburtstag hat, um ihm zu gratulieren. Auch speisen wir dort.«

Der Rumäne war nicht zu Hause. Was sei ihm denn widerfahren? empfing mich seine Wirtin. Er sei lange brütend dagesessen und dann plötzlich fortgerannt. Und ob es wahr sei, daß die Leute in der Wassergasse dahinstürben wie die Fliegen?!

Ich beschloß, hinzugehen, obwohl die Zeit knapp war, wenn ich mittags wieder daheim sein wollte. Czernowitz liegt auf einem Hügel, die Wassergasse umgibt, dem Lauf des Pruth folgend, den Fuß des Hügels. Damals wohnten nur arme Leute dort, namentlich Juden und Ruthenen. Den Hochsommer abgerechnet, wo man die Pruthbäder aufsuchte, kamen die Städter nie in die armselige, entlegene Vorstadt.

Wieder kam ich über den Marktplatz, er war nun etwas belebter als vorher, namentlich standen die Leute in dichten Gruppen um große, gelbe Plakate, die eben angeschlagen wurden. Der Bürgermeister teilte mit, daß sich seit gestern in der Pruthvorstadt drei Fälle von Brechdurchfall mit tödlichem Ausgang ereignet. Ob es sich um asiatische Cholera handle, sei noch nicht festgestellt, doch habe er ungesäumt alles Nötige veranlaßt. Eine Cholerabaracke sei im Bau, die Pruthvorstadt abgesperrt. Die Bekanntmachung schloß mit einigen hygienischen Ratschlägen.

Die Umstehenden beurteilten dies Schriftstück sehr verschieden. Die einen lobten den Bürgermeister seiner Energie wegen, die anderen fanden den Eifer höchst überflüssig. »Weil in der Pruthvorstadt drei Arbeiter sterben, die sich den Magen mit unreifem Obst vollgestopft haben, bringt er die ganze Stadt in Aufruhr!« Am schärfsten verurteilte Herr Gregor Lupul diese »Dummheiten«. Es war dies der Besitzer des schönsten Hauses, des mächtigsten Bauchs, der rötesten Nase und des lautesten Organs in ganz Czernowitz. »Wer ist denn 1831 hier oben gestorben? Kein Mensch, der zu essen hatte. Hab' ich nicht recht, Mayer, Sie müssen's ja auch noch wissen!«

»Gewiß weiß ich es, Herr von Lupul«, erwiderte der kleine, schmächtige Salomon Mayer geschmeichelt. »Die Cholera ist eine Art Hungertyphus, für die armen Leut.« »Und deshalb soll ich keinen Salat essen?« rief Lupul entrüstet. »Justament eß' ich heut sogar einen Italienischen! Kommen Sie mit, Mayer, zum Anatowicz in die Weinstube!«

Mayer ging mit, ich aber der Wassergasse zu. Je tiefer ich den Berg hinabkam, desto mehr Leute standen da, desto lauter sprachen, desto heftiger gestikulierten sie. Überall dasselbe Thema und dieselben Urteile. Die einen priesen, die andern höhnten den Bürgermeister. Die einen mahnten zur Vorsicht, die anderen prahlten, was sie sich alles zu essen getrauten, die einen erzählten zitternd, alle Stunde stürben da unten einige Menschen, und alle Ärzte seien dort beschäftigt, die anderen schworen, die Leute in der Wasserstadt seien so vergnügt wie nur je. Sicheres wußte niemand.

Da kamen zwei Wagen die Straße herabgepoltert, große, unförmige Karren, mit schwarzem Tuch überdeckt. Auf dem Bock saßen zwei städtische Diener.

»Wohin? Wozu?« rief man sie an.

»Die Toten abholen!« erwiderte einer der Diener.

»Wieviel?«

»So ein Dutzend. Jetzt können's leicht mehr sein!«

Ein wildes Schreien und Lärmen, dazwischen ein gelles Lachen – und im nächsten Augenblick war die Straße wie reingefegt. Heulend, jammernd, fluchend stürzten die Leute den Berg empor, ihren Wohnungen zu, und gaben die Schreckenskunde verzehnfacht weiter.

Als ich den Eingang zur Pruthgasse erreichte, stand da ein großer Haufe Menschen und lachte und schrie: Lehrjungen, Strolche und Dirnen. Sie unterhielten sich damit, die städtischen Polizisten zu verhöhnen, die den Eingang zur Straße bewachten, damit niemand den verseuchten Stadtteil verlasse. Sonst war auch nichts zu sehen. Die wenigen Häuschen, die man überblicken konnte, boten denselben Anblick wie sonst. Vor den Türen spielten die schmutzigen Kinder in der Gosse, an den Fenstern flatterte zerlumpte Wäsche zum Trocknen, ein Schuster hockte auf seinem Dreibein vor der Werkstätte und flickte ein Paar Stiefel, ein Trunkener saß auf einer Bank und schlug mit einem Stecken um sich, eine Verlorene lehnte sich halbbekleidet aus ihrem Dachfenster weit vor und lachte uns frech an. Alles wie gewöhnlich an dieser Stätte des Elends und der Verworfenheit ...

Schon wandte ich mich zum Gehen, da klang ein Laut in mein Ohr, der mich anhalten ließ - ich glaube, ich höre ihn noch, während ich das schreibe. »Boze!« (»Gott«) rief eine Stimme schrill, verzweiflungsvoll. Selbst das rohe Gesindel um mich her wurde plötzlich still. Noch einmal »Boze!« und »Ratujcie!« (»Rettet!«) Und aus dem Hause, vor dem der Schuster saß, kam ein Mensch hervorgestürzt, ein junger todblasser, fast nackter Mensch, der eben aus dem Bett gesprungen sein mußte, und warf sich wie ein Kreisel in der Luft herum und stürzte in Krämpfen hin. Das war der erste Cholerakranke, den ich damals gesehen habe.

Als ich heimkam, war es längst zwölf vorbei. Meine Mutter schalt heftig auf mich ein, als sie erfuhr, wo ich gewesen, besprengte mich mit einer Essenz, die sie inzwischen besorgt, und ließ mich die Kleider wechseln. Dann gingen wir zum Hause meines gestrengen Vormunds. Die anderen Glückwünschenden waren schon dagewesen, man hatte mit dem Speisen auf uns gewartet, der alte Herr war sehr ungnädig.

»Das blödsinnige Gerede von der Cholera verdirbt einem die Laune!« rief er. »Und nun kommt man auch nicht rechtzeitig zu Tisch.«

»Aber der Doktor Atlas und der Lupul sind auch noch nicht da«, suchte ihn seine Frau zu begütigen.

»Der Doktor steht in städtischen Diensten«, rief er, »und muß tun, was der Bürgermeister will. Wahrscheinlich muß er gerade die Betrunkenen in der Wassergasse nüchtern machen! Aber der Lupul - richtig, der Lupul ist ja auch noch nicht da! Wo steckt denn der Alte? Schick doch zu ihm hinüber!«

Es währte lange, bis der Bote wiederkam. Wir setzten uns inzwischen zu Tische. Mein Vormund war sichtlich noch immer unwirsch, und seine Laune besserte sich nicht, als der Bote endlich meldete, die Haushälterin wisse nicht, wo der Herr von Lupul geblieben, er sei seit dem Morgen fort. »Der

Kerl wird doch nicht vergessen haben!« rief der alte Herr in hellem Zorn. Das war verzeihlich, denn Lupul war sein bester Freund, auch pflegte dieser Demosthenes von Czernowitz seit fünfundzwanzig Jahren bei dem Diner am 7. Juli den Toast auf das Geburtstagskind zu sprechen. Weil aber das Essen gut war, der Wein noch besser, so erheiterte sich allmählich die Laune des Gastgebers, besonders, da ein anderer Freund des Hauses das Hoch beinahe ebenso gut ausbrachte wie sonst Lupul. Und so saßen wir da und aßen und tranken, und weil die beiden leeren Stühle an der Tafel ungemütlich waren, so schoben wir sie weg. Bei meinem Vormund geschah alles gründlich und ausgiebig, nach eins waren wir zu Tische gegangen, kurz vor sechs wurde der Kaffee serviert. Da erst erinnerte er sich des ausgebliebenen Freundes und schickte nochmals hinüber. Diesmal kehrte der Diener sehr bald zurück.

»Nun?« rief ihn der alte Herr an. »Ist er zu Hause?«

»Ja, seit zwei Uhr!«

»Warum kommt er nicht?«

»Er kann nicht!«

»Ist er krank?«

»Tot ist er!« stieß der Diener hervor. »An der Cholera gestorben, der Doktor Atlas war bei ihm.« Einige Minuten später war der Saal leer, die Gesellschaft zerstoben, als ob der Tote selbst in ihrer Mitte erschienen wäre. Auch meine Mutter und ich gingen heim.

Als wir an dem Häuschen jener Pfarrerswitwe vorübergingen, stand die alte Frau vor der Tür und spähte besorgt die Straße auf und nieder. »Ist der Kossowicz zu Hause?« fragte ich.

»Nein!« rief sie. »Ich sterbe vor Angst! Zum Essen nicht heimgekommen! In den neun Jahren, wo er bei mir wohnt, habe ich das nicht erlebt. Er und vom Essen wegbleiben! Es ist ihm etwas passiert. Die Cholera! Wenn ich nur wüßte, wo ich ihn suchen soll.«

Da wußte auch ich keinen Rat. Ich suchte sie zu beruhigen und bat, mich wissen zu lassen, wenn er wieder zurück sei.

Eine Stunde später kam das Kind der Witwe, Kossowicz sei eben heimgekommen und lasse mich bitten, ihn zu besuchen, er sei nicht ganz wohl.

Meine Mutter schärfte mir Vorsicht ein, ließ mich aber hingehen.

Ich traf ihn auf der Bank im Gärtchen vor dem Haus. Er war bleich und trug trotz der Schwüle seine »Bunda« (rumänischer Bauernmantel) umgeschlagen, als fröstelte es ihn. »Halt!« rief er mir entgegen, als ich das Gärtchen betrat. »Halt!« rief er noch einmal, als ich einige Schritte vorwärts tat. »Komm mir nicht zu nahe, ich war ich eben bei einem Cholerakranken!«

»Bei wem?«

»Bei Lang!«

Ich traute meinen Ohren nicht, er aber erzählte:

»Ich geh' ich um elf Uhr zu ihm! Wozu? Um ihn zu ohrfeigen. Dann soll man mich meinetwegen aufhängen, aber der schlechte Mensch soll seine Lehre haben. Komm ich hin. Sagt sein Mädchen: ›Herr Professor nicht zu Haus.‹ Frag ich: ›Wann kommt?‹ Sagt sie: ›Um zwei, nach dem Essen.‹ Ich lauf' ich bis halb zwei im Volksgarten herum, ganz wütend, und ich wiederhol' ich immer, was ich ihm sagen will. Dann stell' ich mich vor sein Haus. Umsonst. Kommt nicht. Endlich kommt, aber im Wagen. Ganz blaß, ganz elend. Denk ich: ›Schlecht! Kranken kann man nicht hauen!‹ Will gehen. Da seh' ich, er kann nicht mehr selbst vom Wagen. Tret' ich zu, helf' ich ihm. Sagt er: ›Vorsicht! Mir scheint – die Cholera.‹

Sag ich zornig: ›Oh, nein! Unkraut verdirbt nicht!‹ Und weil er nicht kann, ich helf ich ihm in sein Zimmer. Das Mädchen hat Furcht, traut sich nicht herein. Also was tun? Ich muß ich ihn ins Bett legen. Sagt er: ›Kossowicz, das hab' ich nicht um Sie verdient!‹ – Sag' ich: ›Nein, ganz was anderes, und das kommt auch noch, wenn Sie gesund sind!‹ – Sagt er: ›Was?‹ – Sag' ich: ›Das erfahren Sie früh genug.‹ Ihm wird aber immer übler, und ich seh': wirklich die Cholera. Was tun? Hund is er, aber jetzt is er doch krank, ich kann ich ihn doch nicht allein lassen. Also ich schick' ich das Mädchen um Krankenwagen ins Spital, und inzwischen pfleg' ich ihn! Eine Stunde und zwei und drei, und ihm wird immer schlechter. Und Wagen kommt nicht. Gott im Himmel, bet' ich, was soll ich da anfangen, der Kerl stirbt mir so unter den Händen, und er soll ja gesund werden, damit ich ihn hauen kann. Gott im Himmel, bet' ich, wenn du nicht willst, daß ich ihn hauen soll, so will ich es nicht tun, aber laß gesund werden. Dann bin ich schon mit der Rache zufrieden, daß er sieht: ›Dieser Kossowicz, immer bin ich auf ihm herumgeritten und hab ihn sekkiert und gemartert, und jetzt hält er bei mir aus und pflegt mich!‹ Nicht wahr«, unterbrach er sich, »du, sag, das ist doch auch schon gute Rache? Ganz gute?!«

Ich konnte nur stumm bejahen. »Aber wo ist Lang jetzt?« fragte ich dann.

»Im Spital. Um sechs is endlich Wagen gekommen. Is aber schon halb tot. Ich fürcht' ich, wird sterben! Und mir is auch so. Bleib weg, du, zehn Schritt vom Leib! Was machst für Gesicht, dummer Kerl? Also meinst: Rache hab' ich schon, auch wenn Lang stirbt?!«

Einige Minuten später mußte ich zum Spital, den Krankenwagen für meinen Kollegen zu holen. Am Morgen des 8. Juli ist er dort gestorben, er hat den Lehrer, der ihn gekränkt und bei dessen Pflege er sich die Krankheit geholt, nur um zwei Stunden überlebt.

Adolf Douai:
Eine Mustermordanstalt

(Die Gartenlaube Heft 48 1867)

„Gesegnet sei die Cholera! Ja ja, im vollen Ernste, gesegnet sei die Cholera!" so riefen Tausende von New-Yorkern im Herbste 1866. Denn der von Europa im Frühlinge d. J. herübergeschleppten Cholera, oder vielmehr der Furcht vor ihr verdankte es die Stadt New-York, die von zwei früheren Cholera-Epidemien so entsetzlich schwer gelitten hatte, daß etwas geschah, was man für beinahe unmöglich gehalten hatte: die Stadt wurde in aller Eile gereinigt, geputzt, gesäubert, entpestet und dadurch der Cholera der Einzug verwehrt. Natürlich hätten es die städtischen Behörden und die Bürger selbst nicht fertig gebracht; denn welcher billig denkende Mensch hätte es dem Unternehmer, der über eine halbe Million Dollars jährlich für Straßenreinigung bezieht, zumuten können, die Straßen allen Ernstes fegen zu lassen, wenn er zwei Drittel der Contractsumme in die Taschen der Stadtväter und ihrer Helfershelfer abliefern muß und wenn er das dritte Drittel notwendig für sich selbst braucht? Und wie konnte man von den wohlbestallten städtischen Gesundheitsbeamten verlangen, daß sie Schlachthäuser, Seifen-, Fett-, Leim- und Knochensiedereien, Bleiweißfabriken, Gerbereien und andere gesundheitsgefährliche Gewerbe aus dem städtischen Weichbilde auswiesen, wenn sie von den Inhabern derselben so schöne Renten für Duldung derselben bezogen, aus deren Ertrag sie und ein langer Schweif hungriger Politiker ihren Lebensunterhalt deckten? Wie sollten endlich die stimmberechtigten Bürger in ihrer souveränen Machtfülle etwas zur Abwehr der Cholera tun, wenn sie in ihrer Mehrheit Irländer sind, von jedem denkbaren öffentlichen Missbrauch Vorteil ziehend und gelenkt von einer kleinen Schaar demagogischer Leithammel, denen sie um so gewissenhafter ihre Stimmen verkaufen, je besser diese für dieselben bezahlen? Also, wie gesagt, die Abhülfe konnte bloß von auswärts kommen, von der gesetzgebenden Versammlung des Staates New-York, welche denn auch im Frühjahr 1866 in aller Eile ein Gesetz erließ, das die Reinigung und Gesundmachung der Stadt einer vom Staate erwählten Gesundheitsbehörde mit unbeschränkten Vollmachten übertrug. Ein Zetermordio erscholl durch alle „demokratischen" Quartiere über diesen neuen Eingriff in die Municipalrechte der Stadt, in die geheiligte Selbstregierung des Volkes; aber der neue „Board of Health" (Gesundheitsbehörde) unter dem Vorsitz des Dr. Schultz griff energisch ein und vollbrachte die Reinigung des Augiasstalls so schnell, wie es kaum ein Hercules getan haben könnte.

Die Schlächterei war, wie gesagt, bis dahin innerhalb der eigentlichen Stadt, und zwar zumeist in sehr dichtbevölkerten Vierteln betrieben worden. Allabendlich wurden große Viehherden durch die belebtesten Straßen getrieben und unter die Hunderte von Schlächtern verteilt, welche sie in abscheulichen Löchern von Ställen aufbewahrten, bis sie geschlachtet wurden. Der Gestank in diesen Schlachthäusern und bis in einige Entfernung davon war um so gefährlicher, als man für die Abfälle keinen Absatz hatte, das Blut, ebenso wie der Unflat, in den Rinnsteinen bis zur nächsten Kanalöffnung abfloß, die nicht verkäuflichen Teile der Eingeweide in den Fluß geworfen wurden, auf dem sie oft wochenlang mit Ebbe und Flut an allen Ufern umherschwammen, und die Schlachträume selbst aus Mangel an Raum elend ventiliert waren. Außerdem konnte das Fleisch dieser Tiere unmöglich gesund sein. Das meiste Schlachtvieh des nordamerikanischen Ostens kommt aus dem Westen, der Transport auf den Eisenbahnkarren dauert fünf bis sechs Tage oder Nächte; während dieser ganzen Zeit konnten die Tiere sich nicht legen, nicht gehörig gefüttert und getränkt werden. Dann kamen sie in die Stallungen der Vorstädte: auch hier war schlecht für Raum, Futter und Wasser gesorgt; hier von den Schlächtern aufgekauft, wurden sie in der inneren Stadt, wo der Raum so kostspielig ist, teilweise in Kellern und elenden Gehöften untergebracht, oder sofort, in fieberhaftem Zustande, geschlachtet. Kein Wunder, wenn die neue Gesundheitsbehörde genötigt war, in den ersten Wochen ihres Bestehens Tausende von geschlachteten Rindern, Schweinen, Schafen und Kälbern von Amtswegen ohne Entgelt wegzunehmen und verscharren zu lassen. Endlich war die Grausamkeit, mit welcher diese Tiere behandelt wurden, ganz besonders auch beim Schlachten selbst, ein für die Sittlichkeit der Bevölkerung verderbliches Beispiel, abgesehen von den unnötigen Qualen der armen Schlachtopfer selbst.

Die Gesundheitsbehörde verbannte alle Schlachthäuser, gegen welche von den Umwohnern Klage erhoben wurde, und selbst eine Anzahl anderer, gegen die sich kein Kläger fand, aus dem Umkreise der Stadt. Das gab Anlaß zur Errichtung des großen Schlachthauses von Communipaw. Es bildete sich eine Aktiengesellschaft von Viehtreibern des Westens und Schlächtern des Ostens, welche vom Staate New-Jersey inkorporiert wurde, ein Stück Land am südwestlichen Ende des Fleckens Communipaw, der aus der Revolutionsgeschichte bekannt ist, sechsundzwanzig Acker groß, erwarb und daselbst nach dem Muster des großen Pariser Abattoirs, nur in noch bedeutenderem Maßstabe, Gebäude und Räumlichkeiten herrichten ließ, welche schon am 15. October 1866 eingeweiht werden konnten.

Ferdinand Stolle (Hrsg.):
Die Pestilenz in New-Orleans

(Die Gartenlaube Heft 40 1853)

Jetzt, wo so viele Gemüter in banger Furcht vor der Cholera schweben, die an vielen Orten mit so beunruhigender Heftigkeit zum Ausbruch gekommen ist, kann es gewissermaßen zum Troste dienen, daß alle Berichte, die wir aus den von der Cholera heimgesuchten Städten in Bezug auf die Verheerungen, welche diese Krankheit anrichtet, haben, noch lange nicht denen gleichkommen, die uns seit einiger Zeit aus New-Orleans über das seit einigen Monaten dort herrschende gelbe Fieber zugehen – eine Krankheit, welche in unserem Klima nicht vorkommen kann.

New-Orleans ist, was pestartige Krankheiten betrifft, eben so – und mit größerem Rechte – verrufen, wie Constantinopel oder Kairo. Die Herbstmonate eines jeden Jahres erzeugen dort in Folge der sumpfigen Lage der Stadt unter den glühenden Sonnenstrahlen eines südlichen Himmelsstrichs verschiedene Krankheiten, namentlich das gelbe Fieber, welches alle drei oder vier Jahre den Charakter einer förmlichen Pest annimmt. Im heurigen Jahre hat diese Krankheit eine vorher noch nie gekannte Höhe erreicht und die Zahl der Todesfälle in der Stadt New-Orleans allein beträgt täglich über zweihundert. Allerdings ist die Gesamteinwohnerzahl der Stadt New-Orleans gegen hunderttausend Seelen, aber es darf, wenn man eine richtige Vorstellung von dem Verhältnis der Todesfälle zu der Einwohnerzahl geben will, nicht unerwähnt bleiben, daß man dieselbe in eine acclimatisirte und eine nicht acclimatisirte teilt. Die erstere besteht aus den Eingeborenen und Eingewanderten, welche von dem gelben Fieber schon einmal befallen worden sind, es glücklich überstanden haben und in der Regel nie wieder davon heimgesucht werden. Die nicht acclimatisirten oder mit andern Worten diejenigen, welche das gelbe Fieber noch nicht durchgemacht haben, werden stets als eine besondere Klasse der Bevölkerung betrachtet und wenn Berechnungen über den öffentlichen Gesundheitszustand während der Fieberzeit in New-Orleans aufgestellt werden, so pflegt man die Prozente der Todesfälle nur im Verhältnis zu der Zahl der nicht acclimatisirten Einwohner zu berechnen. Nun beträgt diese Zahl ungefähr dreißigtausend und da von dieser Zahl binnen zwei Monaten dreitausend von der Seuche hinweggerafft worden, so ergibt sich hiernach, daß, wenn dieselbe ein Jahr lang in demselben Grade fortdauerte, kaum noch zehntausend Nichtacclimatisirte übrig bleiben würden. Ein in New-Orleans erscheinendes Journal berechnet sogar in einer seiner Nummern vom Monat Juni, daß bereits fünfzehntausend Personen erkrankt und entweder gestorben oder wieder hergestellt seien und sonach, da nur noch eben so viel nichtacclimatisirte vorhanden sind, die Seuche im September aus Mangel an Individuen, welche davon befallen werden können, von selbst aufhören müsse.

Diese furchtbare Statistik macht die gräßlichen Mittheilungen, die von mehreren Seiten über die Wegschaffung der Leichen gegeben werden, einigermaßen erklärlich. Es ist nämlich geradezu unmöglich geworden, die Toten alle zu begraben. Anfangs, als die gewöhnlichen an den Kirchhöfen angestellten Arbeiter ihrer Aufgabe zu erliegen begannen, wurden die Kettensträflinge zu diesem Dienste gezwungen und später Neger gemietet, um die Leichen fortschaffen zu helfen. Aber selbst dieses Auskunftsmittel war unzureichend, obschon der Lohn, den man dafür zahlte – eine Guinee (7 Thaler) die Stunde – das kalifornische Arbeitslohn zehnfach überstieg, und zwei Tage und Nächte türmten sich die Haufen der unter den sengenden Sonnenstrahlen des Südens verwesenden Leichen immer höher auf. Sogar die Sklaven und Verbrecher konnten nur dadurch, daß man ihnen neben dem ungeheuren Lohn vollauf Branntwein zu trinken gab, bewogen werden, auf den Kirchhöfen zu arbeiten. Auf einigen zog man mit dem Pfluge lange Furchen, in welchen man die Leichen gut oder übel verscharrte, bis man sich endlich zu wiederholten Malen genötigt sah, sie zu verbrennen.

„In den Hospitälern" - erzählt ein Reisender, welcher zu der Zeit, wo die Seuche am heftigsten wütete, in New-Orleans anwesend war - „geht es entsetzlich zu und es ist ein wahres Wunder zu nennen, daß von den hierhergeschafften Patienten wirklich dann und wann einer wieder hergestellt wird. In dem einen Zimmer, welches ich besuchte, befinden sich ungefähr vierzig Frauenzimmer. Sie lagen auf Hängematratzen zu beiden Seiten des Zimmers mit gerade nur so viel Zwischenraum, daß die Wärter den armen Kranken ihre Medizin reichen konnten. Auf der einen Matratze lag eine Mutter, die so eben an dem schwarzen Erbrechen gestorben war und dicht daneben die Tochter, die sich von den Qualen des Fiebers gefoltert hin und her krümmte und obendrein noch die leblose Hülle der Mutter vor den Augen hatte. Auf der andern Seite lag ein junges Frauenzimmer aus Tennessee, die eben erst in's Hospital gebracht worden war und sich im ersten Stadium der Krankheit befand. Auf der einen Seite neben ihr lag eine Frau, die, weil sie raste, an ihr Bett festgebunden war, auf der andern die so eben gestorbene Mutter, und man kann sich leicht denken, welches Schicksal der Anblick solcher Nachbarn der neu aufgenommenen Kranken bereiten mußte. Auf einer andern Lagerstätte lagen drei Kinder, deren Eltern bereits gestorben waren und ich konnte mich nicht des Gedankens erwehren, daß es für diese armen Kinder wohl das Beste sei, wenn sie ihren Eltern in das bessere Jenseits nachfolgten. In dem untern Zimmer lagen ungefähr vierzig Männer in den verschiedenen Stadien der Krankheit. Hier waren die Lagerstätten in drei Reihen übereinander angebracht. Viele dieser Kranken hatten das schwarze Erbrechen, andere rasten und waren an ihr Lager festgebunden. Einige stöhnten, andere fluchten und lästerten, wenige waren ruhig. Es ist wirklich, wie ich schon vorhin sagte, ein wahres Wunder, daß doch einer oder der andere dieser Patienten, die hier von Toten und Sterbenden umringt sind und immerwährend Leichen an sich vorübertragen sehen, wieder hergestellt wird. Viele sterben vor Schrecken und andere, wie ruhig sie auch sein mögen, müssen alle Hoffnung verlieren und der Verzweiflung anheimfallen. Sobald als das Leben aus dem Körper entschwunden ist, wird der Tote in einen von den Gefangenen des Arbeitshauses gefertigten, notdürftig schwarz angestrichenen Sarg gelegt. Der Stadtwagen fährt an dem Hospitale vor, die Särge werden – etwa drei oder vier auf die Ladung – daraufgesetzt und so durch die Straßen gefahren, ohne daß man sich die Mühe nähme, den Wagen oder auch nur die einzelnen Särge zuzudecken. Der heißen Sonne ausgesetzt, fährt man sie eine lange Strecke durch die Hauptstraßen der Stadt nach den Kirchhöfen. In dem Hospital erscheinen fortwährend eine Menge Leute, welche ihre hier liegenden Freunde besuchen wollen, aber natürlich nicht vorgelassen werden können, weil die Patienten so ruhig als möglich gehalten werden müssen.

„Gestern – Sonntag Morgen – befanden sich die Bürger des vierten Distrikts in einem Zustande von großer Aufregung. Wegen der großen Anzahl von Leichen, die nach dem Kirchhofe des vierten Distrikts geschickt worden waren, konnten dieselben nicht so schnell begraben werden, als es eigentlich hätte geschehen sollen, so daß gestern früh noch ungefähr fünfzig unbegrabene Leichen dalagen. Viele davon lagen schon seit achtundvierzig Stunden da. In Folge der Zersetzung der Leichname durch die Sonnenhitze waren viele Särge geplatzt und der Gestank so entsetzlich, daß viele der Näherwohnenden ihre Häuser verlassen mußten. Ich war heute Nachmittag auf dem Begräbnißplatz, wäre aber beinahe wieder umgekehrt, so entsetzlich war der Verwesungsgeruch, der mir schon aus weiter Ferne entgegenkam. Als ich an dem Tore des Kirchhofes anlangte, war das Erste, was meine Aufmerksamkeit anzog, ein altes Negerweib, welches dicht vor dem Kirchhofe ihre Bude aufgeschlagen hatte, wo sie Äpfel, Pfirsichen, Pasteten, Kuchen, Eistorten, Bier und Branntwein verkaufte. Ohne Zweifel hatte sie gute Kunden an den zahlreichen Irländern und Deutschen, welche die Toten hier herausschaffen und begraben helfen. Ich glaube, sie hätte noch mehr verdienen können, wenn sie Kampfer verkauft hätte, denn ich fand während der Stunde, die ich auf dem Kirchhofe zubrachte, daß Kampfer etwas Herrliches war. Eine Anzahl Kettensträflinge waren eben beschäftigt, lange Gräben, ungefähr achtzehn Zoll tief und etwa fünfzig Fuß lang, zu ziehen. In diese wurden dann die Särge, immer sechs neben einander, hineingelegt, dann Kalk darauf geworfen und Erde darüber gehäuft. Die Deckel der Särge ragten dabei immer noch fünf bis acht Zoll aus der Erde hervor. Als ich fortging, waren noch etwa zwanzig Särge zu begraben, da aber die Gräben schon fertig waren und die Kettensträflinge die Särge bloß hineinzusetzen und mit Erde zu bedecken hatten, so mußten sie bald damit fertig sein. Die Neger waren alle betrunken und ließen die Koffer in der Regel mehrmals fallen, ehe sie dieselben in die Gräben hineinbrachten. Einen furchtbaren Anblick gewährten die von der Sonnenhitze aufgeschwellten Leichen, die ihre Särge zersprengt und wie durch Anwendung von Körperkraft die Bande zerrissen hatten, welche ihre Hände und Füße zusammenhielten, so daß sie dieselben weit und starr von sich streckten.

Bertha von Suttner:
Die Waffen nieder!
(Band 2 Buch 4 Abschnitt 23 Eine Lebensgeschichte 1889)

Nach wenigen Tagen wurde es wieder still auf Grumitz. Der
Krieg war aus. Das heißt, man hatte erklärt, daß der Frieden
geschlossen sei. Ein Wort genügt, die Schrecknisse zu entfes-
seln, und da meint man wohl auch, ein Wort könne genügen,
dieselben sogleich wieder aufzuheben - doch dies vermag kein
Machtspruch. Die Feindseligkeiten werden eingestellt, aber die
Feindseligkeit dauert fort. Der Samen für künftige Kriege ist
gestreut und die Frucht des eben beendigten Krieges entfaltet
sich weiter: Elend, Verwilderung, Seuchen. Ja, da half kein
Leugnen und Nicht-dran-denken mehr: - die Cholera wütete
im Lande.

Es war am Morgen des 8. August. Wir saßen Alle um den
Frühstückstisch unter der Veranda und lasen unsere eben ein-
gelaufenen Postsachen. Die zwei Bräute fielen auf die an sie
gerichteten Liebesbriefe her - ich blätterte in den Zeitungen.
Aus Wien die Nachricht:

»Die Cholera-Sterbefälle mehren sich bedenklich; nicht nur
in den Militär- auch in den Zivilspitälern sind schon viele Erkrankungen signalisiert, die als echte cholera asiatica bezeichnet
werden müssen, und die energischsten Maßregeln werden al-
lenthalben ergriffen, um der Verbreitung der Epidemie zu
steuern.«

Ich wollte die Stelle laut vorlesen, als Tante Marie, welche
den Brief einer Freundin aus einem Nachbarschlosse in Händen hielt, erschreckt aufschrie:

»Entsetzlich! Betti schreibt mir, daß in ihrem Hause zwei
Personen an der Cholera gestorben sind und jetzt auch ihr
Mann erkrankt sei.«

»Exzellenz, der Lehrer wünscht zu sprechen.«

Hinter dem Diener trat auch schon der Gemeldete heran.
Er sah bleich und verstört aus:

»Herr Graf, ich zeige ergebenst an, daß ich die Schule schließen muß. Gestern sind zwei Kinder erkrankt und heute - gestorben.

»Die Cholera?« riefen wir.

»Ich denke wohl ... wir müssen's beim Namen nennen. Die sogenannte Ruhr, welche unter den Soldaten, die hier einquartiert wurden, ausbrach und der schon zwanzig Mann erlegen sind - es war die Cholera. Im Dorf herrscht großer Schrecken, denn der Doktor, der aus der Stadt hierher gekommen, hat unverhohlen gesagt, daß die schreckliche Krankheit nunmehr zweifellos die hiesige Bevölkerung ergriffen hat.«

»Was ist das?« fragte ich aufhorchend - »man hört läuten.«

»Das ist das Sterbeglöcklein, Frau Baronin,« antwortete der Schulmeister. »Es wird wohl wieder Jemand in den letzten Zügen liegen ... Der Doktor hat erzählt, daß in der Stadt die Sterbeglocke gar nicht mehr aufhört zu erklingen -«

Wir blickten einander Alle in der Runde an - stumm und bleich. Hier war er also wieder der Tod - und Jeder von uns sah dessen knöcherne Hand nach dem Haupte eines Teuern ausgestreckt.

»Fliehen wir!« schlug Tante Marie vor.

»Fliehen, wohin?« entgegnete der Lehrer. »Ringsum ist ja das Übel schon verbreitet.«

»Weit, weit weg - über die Grenze -«

»Da wird wohl ein Cordon errichtet werden, über den man nicht hinauskann -«

»Das wäre ja entsetzlich! Man wird doch die Leute nicht hindern, ein verseuchtes Land zu verlassen?«

»Gewiß - die gesunden Gegenden werden sich gegen Einschleppung verwahren.«

»Was tun, was tun?!« Und Tante Marie rang die Hände.

»Den Willen Gottes abwarten,« antwortete mein Vater mit einem tiefen Seufzer. »Du bist doch sonst so bestimmungsgläubig, Marie - ich verstehe Deine Fluchtsehnsucht nicht. Eines jeden Menschen Schicksal erreicht ihn, wo er immer sei ...

Aber immerhin - mir wäre es auch lieber, wenn ihr Kinder abreisen würdet - und Du, Otto, daß Du mir kein Obst mehr anrührst.«

»Ich werde sogleich an Bresser telegraphieren,« sagte Friedrich, »daß er uns Desinfektionsmittel sende« ...

Was dann später folgte, ich kann es nicht mehr in seinen Einzelheiten erzählen, denn die Frühstückstisch-Episode war die letzte, die ich zu jener Zeit in die roten Hefte eingetragen. Nur aus dem Gedächtnis kann ich die Ereignisse der nächsten Tage berichten. Furcht und Bangen erfüllte uns Alle, Alle. Wer könnte zur Zeit der Epidemie nicht zittern, wenn man unter teuern Wesen lebt? Über dem lieben Haupte eines Jeden schwebt ja das Damoklesschwert - und auch selber sterben, so furchtbar und so unnütz sterben - wem sollte der Gedanke nicht Grauen einflößen? Der Mut besteht höchstens darin, nicht daran zu denken.

Fliehen? Diese Idee war mir auch gekommen - besonders, meinen kleinen Rudolf in Sicherheit zu bringen ...

Mein Vater, trotz allem Fatalismus, bestand auf der Flucht der Anderen. Am kommenden Tage sollte die ganze Familie fort. Nur er wollte bleiben, um seine Hausleute und die Einwohnerschaft des Dorfes in der Gefahr nicht zu verlassen. Friedrich erklärte auf das Bestimmteste, auch bleiben zu wollen, und da war mein Entschluß gleichfalls gefaßt: von des Gatten Seite würde ich freiwillig nimmer weichen.

Tante Marie mit den beiden Mädchen und mit Otto und Rudolf sollten schleunigst abreisen. Wohin? - das war noch nicht bestimmt - vorläufig nach Ungarn, so weit wie möglich. Die Bräute widersetzten sich durchaus nicht, sondern halfen emsig packen ... Sterben - wenn in naher Zukunft die Erfüllung heißer Liebessehnsucht, das heißt verzehnfachte Lebenswonne winkt, das hieße ja zehnfach sterben.

Die Koffer wurden in den Speisesaal gebracht, damit, unter der Beihilfe Aller, die Arbeit schneller von statten gehe. Ich brachte einen Pack von Rudolfs Kleidern auf dem Arm herbei.

»Warum tut das nicht Deine Jungfer?« fragte der Vater.

»Ich weiß nicht, wo die Netti steckt ... ich klingelte ihr schon mehrere Male und sie kommt nicht ... So bediene ich mich lieber selber -«

»Du verdirbst Deine Leute,« sagte mein Vater aufgebracht und er gab einem anwesenden Diener Befehl, das Mädchen überall zu suchen und augenblicklich hierher zu führen.

Nach einer Weile kam der Ausgesandte zurück - mit verstörter Miene.

»Die Netti liegt in ihrem Zimmer ... sie ist ... sie hat ... sie ist ...«

»Kannst Du nicht sprechen?« donnerte ihn mein Vater an. »Was ist sie -?«

»- Schon - ganz schwarz.«

Ein Schrei kam aus unser Aller Munde: Und so war es denn da - das grause Gespenst - in unserem Hause selber ...

»Was nun tthunun? Konnte man das unglückliche Mädchen hilflos sterben lassen? Aber, wer sich ihr nahte, holte sich fast sicher den Tod - und nicht nur sich - er gab ihn dann wieder den Anderen weiter. - Ach, so ein Haus, in welches die Seuche eingezogen, das ist, als wäre es von Räubern umzingelt, oder als stände es in Flammen - überall, an allen Ecken und Enden - auf jedem Schritt und Tritt - grinst der Tod.

»Hole augenblicklich den Arzt,« befahl mein Vater zunächst. »Und ihr, Kinder, beschleunigt eure Abfahrt« ...

»Der Herr Doktor ist seit einer Stunde nach der Stadt zurückgefahren,« antwortete der Diener auf meines Vaters Weisung.

»Weh ... mir wird übel!« kam es jetzt von Lilli, welche bis in die Lippen erbleichte und sich an eine Sessellehne anklammerte.

Wir sprangen ihr bei:

»Was hast Du? ... Sei nicht töricht ... das ist die Angst ...«

Aber es war nicht die Angst, es war - kein Zweifel: wir mußten die Unglückliche auf ihr Zimmer bringen, wo sie sogleich von heftigen Erbrechungen und den übrigen Symptomen ergriffen wurde - es war an diesem Tage der zweite Cholera-Fall im Schlosse.

Entsetzlich war es anzusehen, was die arme Schwester litt. Und kein Doktor da! Friedrich war der Einzige, der, so gut es ging, das Amt eines Solchen versah. Er ordnete das Nötige an: warme Umschläge, Senfteig auf den Magen und an die Beine - Eisstückchen - Champagner. Nichts half. Diese für leichte Choleraanfälle ausreichenden Mittel, hier konnten sie nicht retten. Wenigstens gaben sie der Kranken und den Umstehenden den Trost, daß etwas geschah. Nachdem die Anfälle nachgelassen, kamen die Krämpfe an die Reihe - ein Zucken und Zerren der ganzen Gestalt, daß die Knochen krachten. Die Unselige wollte jammern: sie konnte nicht, - denn die Stimme versagte ... die Haut wurde bläulich und kalt - der Atem stockte.

Mein Vater rannte händeringend auf und nieder. Einmal stellte ich mich ihm in den Weg:

»Das ist der Krieg, Vater!« sagte ich. »Willst Du den Krieg nicht verfluchen?«

Er schüttelte mich ab und gab keine Antwort.

Nach zehn Stunden war Lilli tot. - Netti, das Stubenmädchen war schon früher gestorben - allein auf ihrem Zimmer; wir Alle waren um Lilli beschäftigt gewesen und von der Dienerschaft hatte sich Niemand in die Nähe der »schon ganz Schwarzen« gewagt ...

Mittlerweile war Doktor Bresser angekommen. Die telegraphisch verlangten Medikamente brachte er selber. Ich hätte ihm die Hand küssen mögen, als er unerwartet in unsere Mitte trat, um den alten Freunden seine aufopfernden Dienste zu weihen. Er übernahm sofort den Oberbefehl des Hauses. Die zwei Leichen ließ er in eine entfernte Kammer schaffen, sperrte die Zimmer ab, in welchen die Armen gestorben und unterzog uns Alle einer kräftigen desinfizierenden Prozedur. Ein intensiver Karbolgeruch erfüllte nunmehr alle Räume, und heute noch, wenn mir dieser Geruch entgegenweht, steigen jene Cholera-Schreckenstage vor meinem Geiste auf.

Die geplante Flucht mußte ein zweites Mal unterbleiben. Schon stand am Tage nach Lillis Tode der Wagen bereit, welcher Tante Marie, Rosa, Otto und meinen Kleinen fortführen sollte, als der Kutscher - von dem unsichtbaren Würger erfaßt, wieder vom Kutschbock absteigen mußte.

»Also will ich euch fahren,« sagte mein Vater, als ihm diese Nachricht gebracht wurde. »Schnell - ist Alles bereit?«

Rosa trat vor:

»Fahret,« sagte sie - »ich muß bleiben ... ich folge der Lilli«

Und sie sprach wahr. Bei Tagesanbruch wurde auch diese zweite junge Braut in die - Leichenkammer gebracht.

Natürlich war in dem Schrecken dieses neuen Unglücksfalles die Abreise der Anderen nicht ausgeführt worden.

Mitten in meinem Schmerze meiner tobenden Angst, ergriff mich auch wieder der tiefste Zorn gegen jene Riesentorheit, welche solches Übel freiwillig heraufbeschwört. Mein Vater war, als sie Rosas Leichnam hinausgetragen, in die Knie gefallen, den Kopf an die Mauer ...

Ich trat hin und packte ihn beim Arme:

»Vater,« sagte ich - »das ist der Krieg.«

Keine Antwort.

»Hörst Du, Vater? - Jetzt oder nie: willst Du jetzt den Krieg verfluchen?«

Er aber raffte sich auf:

»Du erinnerst mich daran ... dieses Unglück will mit Soldatenmut getragen werden ... Nicht ich allein! das ganze Vaterland hat Blut- und Tränenopfer bringen müssen -«

»Was hat denn dem Vaterland Dein und Deiner Brüder Leid gefrommt? Was frommen ihm die verlorenen Schlachten, was diese beiden geknickten Mädchenleben? - Vater - o tue mir die Liebe: fluche dem Krieg! Sieh her,« ich zog ihn zum Fenster hin - eben wurde auf einem Karren ein schwarzer Sarg in den Hof gerollt: »sieh her - das ist für unsere Lilli - und morgen ein gleicher für unsere Rosa ... und übermorgen vielleicht ein dritter - und warum, warum?!«

»Weil Gott es so gewollt, mein Kind -«

»Gott - immer Gott! ... Daß sich doch alle Torheit, alle Wildheit, alle Gewalttätigkeit der Menschen stets hinter diesem Schilde birgt: Gottes Wille.«

»Lästere nicht, Martha, jetzt läst're nicht, da Gottes strafende Hand so sichtbar -«

Ein Diener kam hereingerannt:

»Ex'lenz - der Tischler will den Sarg nicht in die Kammer tragen, wo die Komtessen liegen - und Niemand traut sich hin- ein -«

»Auch Du nicht, Feigling?«

»Ich kann nicht allein -«

»So werde ich Dir helfen - ich will meine Tochter selber ...« Und er schritt zur Tür. »Zurück!« schrie er mich an, da ich ihm folgen wollte. »Du darfst nicht mit - Du darfst mir nicht auch noch sterben ... und denke an Dein Kind!«

Was tun? Ich schwankte ... Das ist das quälendste in solchen Lagen; nicht einmal zu wissen, wo die Pflicht liegt. Leistet man den Kranken und den Toten die Liebesdienste, zu welchen das Herz drängt, so schleppt man den Keim des Übels wieder weiter und bringt den anderen, den noch verschonten, die Gefahr. Man wollte sich opfern, weiß aber, daß man mit diesem Wagnis auch andere hinzuopfern wagt.

Über solches Dilemma kann nur eines hinaushelfen: mit dem Leben abschließen - nicht nur mit dem eigenen, sondern auch mit demjenigen seiner Teuren; - annehmen, daß alle zu Grunde gehen - und eins dem anderen, so lange es geht, in den Leidensstunden beistehen. Rücksicht, Vorsicht - das alles muß aufhören: Zusammen! - an Bord eines untergehenden Schiffes - Rettung gibt es keine - »halten wir uns umfangen, eng, recht eng aneinander - bis zum letzten Augenblick - und: schöne Welt, ade!«

Diese Resignation war über uns alle gekommen; die Flucht-
pläne hatte man aufgegeben; jeder ging an jedes Kranken und
an jedes Toten Lager; sogar Bresser versuchte nicht mehr, uns
dieses Verhalten - das einzig menschliche - zu wehren. Seine
Nähe, sein energisches, rastloses Schalten gab uns das einzige
Sicherheitsgefühl: wenigstens war unser sinkendes Schiff nicht
ohne Kapitän.

Ach, diese Cholerawoche in Grumitz! ... Über zwanzig Jahre sind seither vergangen, aber noch schaudert es mir durch
Mark und Bein, wenn ich daran zurückdenke. Tränen, Wim-
mern, herzzerreißende Sterbeszenen - der Karbolgeruch, das
Knochenknarren der Krampfbefallenen, die ekelhaften Symptome, das unaufhörliche Geklingel des Totenglöckleins, die
Begräbnisse - nein: Verscharrungen - denn in solchen Fällen
gibt es keinerlei Trauerpomp; - die ganze Lebensordnung aufgegeben: keine Mahlzeiten - die Köchin war gestorben - kein
Schlafengehen des Nachts - hier und da ein stehend einge-
nommener Bissen, und in den Morgenstunden ein sitzendes
Einnicken. Draußen, wie eine Ironie der gleichgültigen Natur,
das herrlichste Sommerwetter, fröhlicher Amselschlag, üppiges
Farbenglühen der Blumenbeete ... Im Dorfe ununterbrochenes
Sterben - die zurückgebliebenen Preußen alle tot. »Ich bin heute dem Totengräber begegnet,« erzählte Franz der Kammer-
diener, »wie er mit einem leeren Wagen vom Friedhof zurück-
fuhr. Wieder ein paar hinausgeschafft? habe ich ihn gefragt. Ja,
wieder sechs oder sieben ... alle Tag' so ein halb' Dutzend,
manchmal auch mehr ... es kommt auch vor, daß einer oder
der andere im Wagen drin noch a bissl muckst - aber tut nix -
nur 'nein in die Gruben mit die Preußen!«

Am folgenden Tage starb der Unmensch selber und ein
anderer mußte sein Amt - zur Zeit das angestrengteste im Ort -
übernehmen. Die Post brachte nur trübes; von überall her
Nachrichten über das Wüten der Seuche und Liebesbriefe -
ewig unbeantwortet zu bleibende Liebesbriefe - von dem nichts
ahnenden Prinzen Heinrich. An Konrad hatte ich, um ihn auf

das fürchterliche vorzubereiten, eine Zeile geschickt: »Lilli sehr krank.« Er konnte nicht augenblicklich kommen - der Dienst hielt ihn zurück. Erst am vierten Tage kam der Unselige ins Haus gestürzt:

»Lilli?« rief er - »ist es wahr?« Unterwegs hatte er das Unglück erfahren.

Wir bejahten.

Er blieb unheimlich still und tränenlos. »Ich habe sie viele Jahre geliebt,« sprach er nur leise vor sich hin. Dann laut:

»Wo liegt sie? - Auf dem Friedhofe? ... Ich will sie besuchen ... lebt wohl ... sie erwartet mich ...«

»Soll ich mitkommen?« trug ihm jemand an.

»Nein, ich gehe lieber allein.«

Er ging - und wir sahen ihn nicht wieder. Am Grabe der Braut hat er sich eine Kugel durch den Kopf gejagt.

So endete Konrad Graf Althaus, Oberstlieutenant im 4. Husarenregiment, im siebenundzwanzigsten Lebensjahre.

Zu einer anderen Zeit hätte die Tragik dieses Vorfalls viel erschütternder gewirkt, aber jetzt: wie viele junge Offiziere hatte der Krieg unmittelbar weggerafft - diesen mittelbar. Und in dem Augenblick, als wir von der That erfuhren, war in unserer Mitte ein neues Unglück ausgebrochen, das unsere ganze Herzensangst in Anspruch nahm: Otto - meines armen Vaters angebeteter, einziger Sohn - war von dem Würgeengel gepackt.

Die ganze Nacht und den folgenden Tag dauerte sein Leiden - unter wechselndem Hoffen und Verzagen - um sieben Uhr abends war alles vorbei.

Mein Vater warf sich auf die Leiche mit einem so markerschütternden Schrei, daß es das ganze Haus durchdröhnte. Wir hatten Mühe, ihn von dem Toten fortzureißen. Ach, und dieser Schmerzensjammer, der jetzt folgte: heulende, brüllende, röchelnde Laute der Verzweiflung waren es, die der alte Mann stunden-und stundenlang ausstieß ... Sein Sohn, sein Stolz, sein Otto, sein alles!

Auf diese Ausbrüche folgte plötzlich starre, stumme Apathie. Dem Begräbnis seines Lieblings hatte er nicht beiwohnen können. Er lag auf einem Sopha regungslos und - beinahe schien es - bewußtlos. Bresser ordnete an, daß er entkleidet und zu Bett gebracht werde.

Nach einer Stunde schien er sich zu beleben. Tante Marie, Friedrich und ich waren an seiner Seite. Er schaute eine Zeit lang mit fragendem Blick herum, dann setzte er sich auf und versuchte zu sprechen. Doch brachte er kein Wort hervor und rang mit schmerzverzerrtem Gesicht nach Atem. Da begann es hin zu schütteln und zu werfen, als wäre er von jenen schauerlichen Krämpfen befallen, welche die letzten Symptome der Cholera sind, und doch hatten sich vorher keine der anderen Erscheinungen bei ihm gezeigt. Endlich brachte er ein Wort hervor: »Martha«.

Ich fiel kniend an der Bettseite nieder:

»Vater, mein teurer, armer Vater! ...«

Er erhob seine Hand über meinem Scheitel:

»Dein Wunsch« ... sprach er mühsam - »sei erfüllt ... ich flu-ich verflu-«

Er konnte nicht weiter reden und sank in die Kissen zurück.

Mittlerweile war Bresser herbeigekommen und gab auf unser ängstliches Fragen Bescheid:

Ein Herzkrampf hatte meinen Vater getötet.

»Das Fürchterlichste ist,« sagte Tante Marie, nachdem wir ihn begraben, »daß er mit einem Fluch auf den Lippen verschied.«

»Laß das gut sein, Tante,« beruhigte ich sie. »Wenn dieser Fluch erst von Aller - Aller Lippen fiele, so wäre das der Menschheit größter Segen.   Das war die Cholerawoche von Grumitz! In einem Zeitraum von sieben Tagen zehn Bewohner des Schlosses dahingerafft: Mein Vater, Lilli, Rosa, Otto, meine Jungfer Netti, die Köchin, der Kutscher und zwei Stalljungen. Im Dorfe starben in derselben Zeit über achtzig Personen.

Wenn man das so trocken hersagt, klingt es wie eine beachtenswerte statistische Notiz; wenn es in einem erzählenden Buche steht - wie ein übertreibendes Phantasiespiel des Autors. Aber es ist weder so trocken wie das Eine, noch so schauerromantisch, wie das Andere, es ist kalte, greifbare, trauerreiche Wirklichkeit.

Nicht Grumitz allein war in unserer Gegend so hart mitgenommen worden. Wer in den Annalen der nachbarlichen Ortschaften und Schlösser, nachblättern will, könnte daselbst viele ähnliche Fälle von Massenunglück finden. Da ist zum Beispiele - in der Nähe des Städchens Horn - das Schloß Stockern. Von der Familie, die es bewohnte, sind in der Zeit vom 9. bis 13. August 1866, gleichfalls nach Abmarsch der preußischen Einquartierung, vier Mitglieder - der zwanzigjährige Rudolf, dessen Schwestern Emilie und Bertha, Onkel Candid - und außerdem fünf Personen Dienerschaft - der Seuche erlegen. Die jüngste Tochter, Pauline von Engelshofen, blieb verschont. Dieselbe hat sich in der Folge mit einem Baron Suttner vermählt - auch sie erzählt heute noch mit Schaudern von der Cholerawoche in Stockern.

Es war damals eine solche Trauer- und Sterberesignation über mich gekommen, daß ich stündlich erwartete, der Tod - in dessen Zeichen das Land seit zwei Monaten stand - werde nun mich selber und meine anderen Lieben dahinraffen. Mein Friedrich - mein Rudolf: ich beweinte sie schon im voraus. - Doch, bei alledem, mitten in meinem Harme, hatte ich doch süße Augenblicke. Das war, wenn ich an meines Gatten Brust gelehnt, von ihm liebend umschlungen, mein Leid an seinem treuen Herzen ausweinen durfte. Wie sanft er da - nicht Trost-, aber Worte des Mitschmerzes und der Liebe zu mir sprach, es wurde mir dabei so warm und weit ums eigene Herz ... Nein, die Welt ist nicht so schlecht - mußte ich unwillkürlich denken - die Welt ist nicht ganz Jammer und Grausamkeit: es lebt in ihr das Mitleid und die Liebe ... freilich erst in einzelnen Seelen, nicht als allgültiges Gesetz und als obwaltender Normalzustand - aber doch vorhanden; und so wie diese Regungen uns zwei durchglühen, mit ihrer milden Rührung selbst diese Schmerzenszeit versüßend - so wie sie noch in vielen anderen, ja in den meisten Seelen wohnen, so werden sie einst zum Durchbruch gelangen und das allgemeine Verhalten der Menschenfamilie beherrschen: die Zukunft gehört der Güte.

Fanny Lewald:
Im Vaterhause

(Band 1 Meine Lebensgeschichte 1871)

5. Kapitel

Es war in jener Zeit meiner ersten Kindheit, in den Jahren achtzehnhundert und sechszehn und siebzehn, daß Frau von Krüdner ihr Wesen in Deutschland trieb, und die Unterhaltung über den von ihr prophezeiten Weltuntergang war damals ebenso im Gange, wie vor einem Jahre das Gespräch über den Zusammenstoß der Erde mit dem Kometen. Dazu muß in jener Epoche irgendwo die Pest sehr stark gewütet haben, denn die Vorstellungen, daß die Pest kommen und wir Alle sterben, oder die Welt untergehen und wir so Alle unsern baldigen Tod finden würden, waren sehr zeitig in meinen Kopf gekommen und flößten mir ein unbeschreibliches Entsetzen ein. Wo ich eines Menschen habhaft werden konnte, auf dessen Lust zu antworten ich irgend rechnen durfte, fragte ich nach dem Weltuntergange und nach der Pest. Kein Eifersüchtiger sucht mehr die Bestätigung seines Unglücks zu erspähen, als ich mir die Gewissheit zu schaffen strebte, daß wir Alle umkommen würden; und hatte ich heute darüber geweint, daß ich sterben müsse, so jammerte ich morgen darüber, daß die Eltern sterben und ich dann allein bleiben würde.

Meine Eltern hatten große Geduld mit mir. Die Mutter saß oft stundenlang an meinem Bette, mich zu beschwichtigen, der Vater redete mir mit Ernst zu, so weit ich mit meinen sechs

Jahren für Vernunftgründe zugänglich war. Half dann Nichts, so schalt er mich und gab mir bisweilen, was jedoch nie aus Heftigkeit, sondern aus voller Überlegung geschah, ein Paar Schläge, welche in diesen Fällen bei Kindern ebenso wirksam sind, als irgend ein ableitendes Blasenpflaster. Ich hörte im Schreck über die Schläge zu sprechen auf, und das war die Hauptsache, denn Kinder überreizen sich oft mit ihren eigenen Reden. Die Schläge gaben meinen Gedanken eine natürliche Richtung; ich fing vor Schmerz zu weinen an und weinte mich so still in den Schlaf.

20. Kapitel

Noch waren im Herbste dieses Jahres die Menschen mit den Ereignissen und Folgen der französischen und belgischen Revolution beschäftigt, als Gerüchte über eine große Aufregung der Gemüter in Polen sich bei uns in Preußen zu verbreiten begannen, und das Fortschreiten der Cholera gegen die Grenzen des europäischen Rußlands hin schwere Besorgnisse einzuflößen anfing.

Man hatte dem Heranrücken der Plage seit Jahr und Tag mit wachsendem Schrecken entgegengesehen. Städte im fernsten Rußland, an die man sonst nie gedacht, hatten für uns eine Bedeutung bekommen, je nachdem die Cholera sie berührt oder übersprungen hatte, und das Entsetzen vor der Krankheit war noch durch die drohende Absperrung gesteigert worden. Die Bilder der Ärzte, die, in Wachstuch gekleidet, mit Essigflacons vor den Nasen, an das Bett der Kranken treten sollten, die schwarzen Schilder an den Häusern, in denen sich Kranke befanden, der Gedanke, daß man die Kranken und die Toten der Sorgfalt der Familien entreißen, und die Gestorbenen in allgemeine, mit Kalk angefüllte Gruben werfen werde, hatte etwas Grauenhaftes, und man würde davon noch stärker ergriffen worden sein, hätte die Teilnahme an dem Kriege den Gemütern nicht zeitweise eine andere Richtung gegeben.

Etwa ein halbes Jahr, ehe die Cholera nach Königsberg kam, waren mehrere junge preußische Ärzte nach Rußland und nach Polen gegangen, teils um die Cholera kennen zu lernen, teils um in den Lazaretten Hilfe zu leisten. Unter ihnen hatte sich Johann Jacoby befunden, der damals erst fünfundzwanzig Jahre alt war. Kurz vor seiner Abreise hatte ich ihn noch in einer Gesellschaft gesehen, und es hatte uns Mädchen überrascht, daß Jemand so fröhlich tanzen und so sorglos heiter sein könne, der einer so ernsten Zeit und einer so ernsten Aufgabe entgegenging. Ich selbst kannte ihn damals nicht näher, unsere Freundschaft stammt erst aus einer viel späteren Zeit, ja ich glaubte in jenen Tagen, daß er ein Vorurteil gegen mich habe, und mich für oberflächig halte. Das wäre freilich kein Wunder gewesen, denn ich hegte und pflegte damals noch als etwas Gutes allerlei Arten von Torheiten in mir, die er wohl in ihrem rechten Lichte sehen mochte; und wie er mich meist scharf und kurz anredete, so machte ich mir das Vergnügen, ihm in ähnlicher Weise zu entgegnen. Ich war daher immer der Meinung, daß wir einander abstießen und gut täten, uns zu meiden. Die ruhige Überlegenheit, die diesen Mann von früher Jugend an kennzeichnete und ihn über alle seine Altersgenossen hinaushob, forderte eine Achtung ab, die ich nicht geneigt war, einem jungen Manne zu gewähren, weil seit Leopold's Tode keiner meiner jungen männlichen Bekannten sie mir einzuflößen wußte.

Sobald die Cholera in Preußen auftrat, kehrte Jacoby aus Polen zurück, und seinen Berichten verdankte man es hauptsächlich, daß der treffliche und aufgeklärte Ober-Präsident der Ostseeprovinz, Herr von Schön, sich gegen die Absperrungstheorie erklärte, und Königsberg sowohl nach Außen, als in dem Inneren der Stadt vor dieser Widerwärtigkeit bewahrt blieb. Dennoch waren der Schrecken und die Verwirrung unter den Menschen außerordentlich groß, und da die Cholera in den ersten Tagen eben nur Personen aus den arbeitenden Ständen ergriffen hatte, welche in dem Bereich des Dey'schen

Gartens und der Holzwiesen am Pregel wohnten, so waren denn, wie in vielen anderen Fällen, auch hier das Mißtrauen und die Torheit schnell bereit gewesen, an eine Vergiftung der armen Leute zu glauben.

Es war am hellen Mittag, als sich die Nachricht verbreitete, daß ein Volkshaufe sich vor der Wohnung des Polizeipräsidenten Schmidt auf dem Altstädtischen Markte versammelt habe, und dort nicht zu bewilligende Forderungen stelle. Die Einen erzählten, das Volk wolle die Kranken nicht in die Choleraspitäler schaffen lassen, Andere sagten, man wolle gegen die Ärzte Etwas unternehmen. Dann wieder hieß es: man verlange von den Reichen bessere Nahrungsmittel für die Armen, und nachdem der Vater selbst nach dem Markte hingegangen war, sich zu überzeugen, was dort geschehe und was man dort begehre, kam er mit der Ansicht zurück, daß von einer bestimmten Forderung gar keine Rede sei, sondern daß Angst und Schrecken die Menschen in eine Aufregung versetzt hätten, die sich eben in dem Tumulte Luft mache, und durch einzelne Personen unter den Arbeitern, die von den Revolutionen des letzten Jahres wußten, zu einem schwachen Seitenstück derselben gesteigert werde.

Dennoch blieb es, eben weil weder die Ruhigen, noch die Aufgeregten in der Stadt an solche Vorfälle gewöhnt waren, ganz unberechenbar, wie weit die Sache gehen, wie weit die Unruhe sich ausdehnen könne, denn je grundloser eine Aufregung ist, um so mehr ist sie durch jeden Zufall der Steigerung in das Maßlose ausgesetzt. Man hatte im Polizeigebäude die Fenster eingeschlagen, Möbel und Geschirre auf die Straße geworfen, Betten zerrissen und die Federn zerstreut, und als man damit fertig, war die aufgeregte Masse nach dem Kneiphof aufgebrochen, um ihr Heil vor dem Rathhause zu versuchen, in welchem der Magistrat seine Versammlung hatte.

Mein Vater war, als er nach Hause kam, schnell entschieden was er zu tun habe. Er ließ seine Weinkeller und Lager schließen und schickte sein ganzes Personal, die Commis und die Arbeiter, zu uns in das Haus. »Die laufen und spektakeln wenigstens nicht mit!« sagte er zu uns, während er ihnen ernst und wichtig den Auftrag erteilte, über seine Frau und seine Töchter und über das Haus zu wachen. Von dem Balkon vor der Türe wurden die eisenbeschlagenen Stangen abgenommen, welche die Markisen trugen, da sie füglich als Waffen dienen konnten, die Laden zu ebener Erde wurden zugemacht, die Dienstboten erhielten die Weisung, mit den Kindern die Hinterstuben nicht zu verlassen. Und nachdem der Vater also die Männer, über die er zu bestimmen hatte, für den Moment unschädlich gemacht, ging er mit den beiden Brüdern, die damals noch Primaner des Gymnasiums waren, nach dem Magistrate, wo eine Anzahl von Bürgern sich versammelt hatte, um zu versuchen, wie man die Menschen beruhigen könne.

Kaum war er fort, so hörten wir die Avantgarde jedes Straßenereignisses in Königsberg, die Schusterjungen, lärmend durch die Straßen laufen. Hie und da klirrten zerbrochene Scheiben, und von einer Galerie im Innern des Hauses, die allerdings von einem Steinwurf wohl getroffen werden konnte, sahen wir, wie ein Haufe von Arbeitern, Sackträgern und Weibern an unserm Hause vorüber in die Brodbänkengasse einbog, und vor dem Magistrate Posto faßte. Aus den Fenstern meiner Stube konnten wir, als der Haufe davongezogen war, die Bewegung vor dem Rathhause sehen und hören, aber es währte etwa nur eine halbe Stunde, als es dort lichter und ruhiger wurde. Einzelne Gruppen, unter ihnen manch Einer mit Blut bedeckt, fingen an zurückzukommen, man sah sie lebhaft gestikulieren und die Fäuste drohend erheben, indes das eigentliche Gewitter war trotz diesem Grollen des Donners vorüber. Die Polizeibeamten und die sogenannten Stadtsoldaten, ein kleines Invalidencorps, wurden vor dem Rathhause wieder sichtbar, die Bürger, die sich auf das Rathhaus begeben hatten, fingen an, mit weißen Taschentüchern, als Erkennungszeichen um den Arm gebunden, durch die Straßen zu gehen, und es währte nicht lange, bis der Vater mit den Brüdern nach Hause kam, uns zu sagen, daß wir ruhig sein könnten und daß anscheinend keine Gefahr mehr vorhanden sei. Dennoch organisierte sich eine Art von Bürgerwehr, in die der Vater und die Brüder eintraten, und die ein paar Tage hindurch Tag und Nacht in den Straßen patrouillierte, wobei höchst originelle Physiognomien und Gestalten zum Vorschein kamen, deren Komik dadurch noch gesteigert wurde, daß man die Leute kannte, und also wußte, wie weit diese Art der Tagesarbeit und der nächtlichen Heerschau von ihren Neigungen und von ihren Gewohnheiten entfernt lag.

So endete dieser erste Krawall, dem ich zugesehen habe, und er hatte, da er keinen Zweck gehabt, auch Nichts ausrichten können, als daß die Geister nach einer anderen Seite hin beschäftigt worden waren, und daß man sich inzwischen darin gefunden hatte, die Cholera in den Mauern zu haben, und die Menschen plötzlich als ihre Opfer hinsterben zu sehen. Nach anderthalb Tagen wurden die Markisenstangen wieder auf dem Wolme festgebunden, die Menschen kehrten zu ihren Geschäften zurück, und nur Einer von des Vaters Arbeitern, ein rühriger, heftiger einäugiger Mann, wurde entlassen, weil er während des Krawalls trotz des Vaters Befehl auf die Straße gegangen war. Er hatte es lockender gefunden, einige Fenster einzuwerfen, als »seine Madame und die Fräuleins« zu beschützen, und ihm allein war der Gedanke gekommen, daß mein Vater eigentlich gar kein Recht hatte, seine Untergebenen in ihrem freiem Willen zu beschränken und in ihren Krawallvergnügungen zu stören. Leute aber, die seinen Befehlen gegenüber andere persönliche Rechte zu haben glaubten, als die, welche sein Wille ihnen zugestand, konnte der Vater nicht gebrauchen; ja ich möchte behaupten, es sei ihm nie der Gedanke gekommen, daß Jemand, der als sein Untergebener in seinem Lohn und Brod stehe, mehr verlangen könne, als der reiflich überlegten, wohlmeinenden Anordnung des »Herrn« pünktlich Folge zu leisten.

In unsrer Lebensweise brachte die Cholera keine wesentliche Änderungen hervor, weil der Vater jeder übertriebenen Besorgnis mit Ruhe entgegentrat, und selbst unsere Mutter die Erinnerung bewahrt hatte, daß die Zeit des Typhus und der Lazarethfieber während der Kriegsjahre mehr Opfer gefordert hatten, als die jetzt herrschende Epidemie. Die Schulen waren freilich geschlossen, und für die jüngeren Schwestern wurde deshalb gleich ein Privatunterricht hergestellt, um sie nicht müßig gehen zu lassen. Es blieb auch in dem plötzlichen Hinsterben der Menschen, es blieb in dem dumpfen Rasseln des sogenannten Cholera-Wagens, der Abends die Leichen zu dem neuerrichteten Cholerakirchhof in die Kalkgruben fuhr, noch Quälendes genug für die Phantasie übrig; aber unser Haus und unsere Familie blieben von der Seuche ganz verschont, und ich glaube, ich war diejenige im Hause, die sich mit ihren hypochondrischen Grillen am meisten das Leben erschwerte, wennschon man nach der Hausordnung solche Selbstquälereien nicht verlauten lassen durfte. In solchen Dingen aber ist das Schweigenmüssen ein großer Gewinn, denn bei allen körperlichen Leiden pflegt das Klagen die Empfindung der Beschwerde zu steigern, ganz abgesehen davon, daß es die Stimmung der Andern verdirbt. Uns z.B. über die Hitze des Sommers, über die Kälte im Winter zu beklagen, war Etwas, was der Vater uns von jeher verboten hatte. Denkt Euch einmal, welch eine verdummende Unterhaltung entstehen müßte, pflegte er zu sagen, wenn sich in einem Haustand von achtzehn Personen jeder Einzelne über unabänderliche Tatsachen auslassen und beschweren wollte! Im Sommer ist es heiß, im Herbste naß, im Winter kalt! Das fühlt Jeder, das erleiden Alle, wozu also die un nütze Meldung und das unnütze Gerede?

Karl Friedrich Burdach:
Die Cholera

(4. Kapitel Rückblick auf mein Leben 1848)

Als die Cholera-Epidemie, die 1830 in Rußland aufgetreten war, im Anfange des Jahrs 1831 auch im benachbarten Polen sich zeigte, hatten wir sie auch bei uns zu erwarten, und wir Ärzte bereiteten uns durch Studium der bisher bekannt gemachten Beobachtungen über die ostindische Epidemie zu deren Empfange vor. Unterm 5. April publizierte das Ministerium eine Instruction über das bei Annäherung der Cholera, so wie beim Ausbruche derselben zu beobachtende Verfahren. Dem gemäß wurde in Königsberg außer 8 Sanitäts-Commissionen für die einzelnen Distrikte der Stadt eine Central-Sanitäts-Commission errichtet, bestehend aus dem Oberburgemeister, fünf Stadträthen, dem Polizeipräsidenten, einem Polizeirathe und vier Ärzten, zu welchen auch ich gehörte.

Dem Urteile der ärztlichen Behörden der Provinz wurde nichts überlassen; das Medicinalcollegium und die medizinische Fakultät wurden ganz außer Acht gelassen, weder befragt, noch irgendwie beauftragt, noch auch nur von den Ereignissen in Kenntnis gesetzt. Alle Anordnungen waren im Voraus vom Ministerium gemacht, und die Immediat-Commission zu Abwehrung der Cholera, an deren Spitze der General v. Thile stand, richtete ihre Befehle bloß an die bürgerlichen Behörden; die Cholera wurde als eine entschieden contagiöse, der Pest ähnliche, durch Absperrung zu verhütende Krankheit betrachtet. Im Widerspruche mit den demnach angeordneten Sperrmaßregeln wurde durch die zu Überwindung der insurgirenden Polen notwendige Verproviantirung des russischen Heers zu Einschleppung der Krankheit vielfacher Anlaß gegeben. Diese Umstände bestimmten mich, der Central-Sanitäts-Commission folgenden Aufsatz zu übergeben: »Da in unserer Provinz keine ärztliche Behörde besteht, welche bei dem zu besorgenden Ausbruche der morgenländischen Cholera die nach

Maßgabe der jedesmaligen Umstände erforderlichen gesundheits-polizeilichen Maßregeln zu treffen, oder der Regierung vorzuschlagen, autorisiert wäre, dergleichen es in andern Ländern, welche von dieser Seuche bedroht oder heimgesucht waren, namentlich in Ostindien, Rußland und Polen gab, – so wende ich mich mit den Bemerkungen über das öffentliche Gesundheitswohl, welche ich als Arzt und Bürger mitzuteilen mich verpflichtet fühle, an die gegenwärtige verehrliche Sanitäts-Commission. Denn dadurch, daß ein hochlöblicher Magistrat auch mehrere Ärzte zu dieser Commission berief, sprach derselbe seinen Willen aus, die ärztliche Erfahrung zu benutzen und in Gemäßeit derselben seine Verfügungen in Betreff des öffentlichen Gesundheitswohls zu treffen.«

»1) Die Disposition zur Cholera besteht hauptsächlich in einer Störung der Verdauung, welche entweder durch Unmäßigkeit, oder durch eine zu dürftige, an Nahrungsstoff zu arme, namentlich rein vegetabilische Kost hervorgebracht wird. Vor Unmäßigkeit kann die Gesundheitspolizei nur warnen; für das reichliche Vorhandensein einer gesunden und kräftigen Nahrung aber kann sie Sorge tragen, und auf die Notwendigkeit, die Erwerbsquellen der Unbemittelten zu erhalten und zu vermehren, kann sie die Behörden aufmerksam machen. Dadurch, daß man wohlfeile und gesunde Nahrung schafft, den Erwerb erleichtert und dem Arbeitslosen Arbeit gibt, wird in der That zu Steuerung einer solchen Seuche mehr ausgerichtet, als durch Sperrungen, die bei ihrem unbestreitbaren Nutzen1 auch viele Übelstände für die Gesundheit mit sich führen. Nun ist durch die Verproviantirung des immer näher an unsere Grenzen heranziehenden und dieselben mit seinen Seuchen bedrohenden russischen Heers der Preis der Lebensmittel, insbesondere des Fleisches, bei uns so gestiegen, daß der Ärmere sich nicht mehr mit einer kräftigen Kost versehen kann. Auf der andern Seite nimmt die Armut zu; so sind z.B. in unserer Stadt einige Hunderte von Menschen, die sonst durch Bearbeitung, Umladung, Verschickung etc. der aus Polen kommenden Waren ihr Brot erwarben, jetzt arbeitslos; mehrere Gewerbe wer den durch die zu Verhütung der Seuche getroffenen Maßregeln beeinträchtigt, und bei eintretender Sperrung wird die Nahrungslosigkeit noch viel allgemeiner werden. Es steht daher sehr zu besorgen, daß die morgenländische Cholera, wenn sie hier ausbricht, sehr weit um sich greifen und eine furchtbare Höhe ereichen wird, so daß die Atmosphäre bedeutend verunreinigt und dadurch die Gesundheit von Reichen wie von Armen gleich gefährdet wird. Um dem vorzubeugen, dürfte bei der königlichen Regierung darauf anzutragen sein, daß eine hinlängliche Menge Schlachtvieh aus andern gesunden Gegenden uns zugeführt, der nötige Getreidevorrath aufgespart2, die Schlacht- und Mahlsteuer für den Augenblick suspendirt und überhaupt auf jede Weise auf Ermäßigung der Preise hingewirkt, so wie durch öffentliche Arbeiten dem nahrungslosen Handarbeiter Erwerb verschafft werde. Wir dürfen überzeugt sein, daß ein solcher Antrag, soweit die höhere Behörde ihn als ausführbar erkennt, Berücksichtigung finden wird. Denn wenn es die Notwendigkeit gebietet, für die Subsistenz des russischen Heers zu sorgen, so wird die königliche Regierung gewiß auch nichts versäumen, was zur Sicherung des Lebens der königlichen Untertanen nötig ist.«

»2) Neben schlechten Nahrungsmitteln ist Furcht und Schrecken diejenige Schädlichkeit, welche am meisten zur morgenländischen Cholera disponiert. Daher ist es denn wichtig, daß die Behörden Alles vermeiden, was die Unruhe und Besorgnisse des Publikums unnötiger Weise vermehrt und der Phantasie grausenhafte Bilder vorführt; so scheint es mir z.B. sehr bedenklich, wenn Briefe mit der Aufschrift: Pestangelegenheiten durch die Provinz verschickt werden. Die Ansteckungskraft der bösartigen Cholera ist so wenig bedeutend, daß sie von mehrern Ärzten, welche diese Seuche im Großen zu beobachten Gelegenheit hatten, gänzlich geleugnet wird; aber eine verständige Vorsicht gebietet, sich auf jeden Fall möglichst dagegen zu sichern, und so zu handeln, als ob die Ansteckungskraft nicht allein unbezweifelt, sondern auch sehr mächtig wäre. Indem es nun auf der einen Seite nötig ist, nicht bloß der Form nach und in gewissen Fällen, sondern in der That und rücksichtslos jede Gemeinschaft mit infizierten Gegenden vollständig aufzuheben, dürfte es andrerseits auch ratsam sein, das Publikum dadurch zu beruhigen, daß man ihm den richtigen Gesichtspunkt, aus welchem diese Maßregeln zu beurteilen sind, aufstellte. Ich erlaube mir daher, darauf anzutragen, daß die verehrliche Sanitäts-Commission eine Belehrung des Publikums über das Wesen und die Verhütung der asiatischen Cholera bekannt mache.«

»3) Es scheint gefährlich, Verordnungen zu erlassen, von welchen vorauszusehen ist, daß sie nicht zur Ausführung kommen; denn indem man ihnen nicht nachkommt, wird man leicht dahin geführt, auch diejenigen zu vernachlässigen, deren Befolgung dringend notwendig ist. Durch die Verfügung vom 23. Mai werden die Ärzte verpflichtet, ›ohne alle weitere Rücksicht jede ihnen zur Behandlung dargebotene oder übergebene Krankheit, welche den Charakter der Cholera, nämlich öfteres Erbrechen und eben so häufige Darmausleerungen etc. zeigt, so schleunig als möglich dem Polizei-Präsidium anzuzeigen.‹ Die gewöhnliche Cholera komm seit mehreren Monaten häufig in Königsberg vor, so daß mancher Arzt jetzt fünf bis sechs Fälle dieser Art zu behandeln hat; aber sie ist so gutartig, daß die Gefahr leicht beseitigt, ja die Krankheit in manchen Fällen ohne alle Arzneien bloß durch eine zweckmäßige Diät gehoben wird. Sollte man nun alle diese Fälle dem königlichen Polizei-Präsidium anzeigen, so würde dieses nur unnötiger Weise behelligt, und das Publikum durch etwa dadurch veranlaßte Maßregeln erschreckt und belästigt werden. Daher wäre wohl das K. Polizei-Präsidium um die Erklärung geziemend zu ersuchen, daß die Ärzte verpflichtet seien, nicht jede ihnen vorkommende Krankheit, welche den Charakter der Cholera zeigt, sondern nur eine solche, die den Charakter der bösartigen asiatischen Cholera an sich trägt, sogleich anzuzeigen.«

»Dies sind die Bemerkungen, welche ich der verehrlichen Sanitäts-Commission zur weiteren Prüfung heute vorzulegen mir erlaube. Weitere Bemerkungen werde ich mit gleicher Freimütigkeit künftig mittheilen. Denn in Zeiten der Gefährdung des öffentlichen Gesundheitswohls gebietet die Bürgerpflicht dem Arzte, nicht allein zu handeln, sondern auch zu sprechen.«

Ich erhielt den Auftrag, eine Belehrung für das nichtärztliche Publikum abzufassen und vollzog denselben in möglichster Eile. Ich erklärte darin unter Anderem, daß, wie jede Krankheit unter gewissen Umständen ansteckend werden könne, so auch die Ansteckungskraft der Cholera möglich, aber nicht hinreichend bewiesen sei.

Daß die Cholera nicht in der Weise ansteckend sei, um durch Sperrung abgehalten werden zu können, war eine Meinung, welche die Königsberger Ärzte mit wenigen Ausnahmen mit mir teilten und die dem Oberpräsidenten von Schön sehr willkommen war, da er den zu Verproviantirung der russischen Truppen nötigen Verkehr mit den der Cholera verdächtigen Gegenden gegen das darüber erbitterte Publikum nur durch die Behauptung rechtfertigen konnte, es sei keine Gefahr der Ansteckung vorhanden. Er hatte diese Partie ergreifen müssen; denn wenn die Cholera eine abzusperrende, pestartig ansteckende Seuche war, so gab ja der preußische Hof dem russischen zu Liebe das eigene Land durch jenen Verkehr dem Verderben Preis. Indes verfuhr Herr v. Schön übrigens in demselben Sinne, wie das Ministerium, in sofern er die wegen der Krankheit zu ergreifenden Maßregeln bloß als eine Angelegenheit der Regierungsbeamten behandelte. Die medizinische Gesellschaft, welche seit einigen und zwanzig Jahren hier bestand, bat ihn um Mittheilung der bei ihm eingehenden Berichte und Aufsätze über die Epidemie, erhielt aber zur Antwort, daß er ihren Mitgliedern gestatten wolle, auf seinem Bureau Einsicht in die darüber geführten Akten zu nehmen. Dies konnte nicht genügen und die Gesellschaft beschloß, bei dem

Ministerium um einen Befehl an das Ober-Präsidium zu der gewünschten Mittheilung einzukommen. Da ihr bisheriger Director diesen gegen den Oberpräsidenten zu tuenden Schritt scheute, so trat ich an dessen Stelle und unter meiner Leitung nahm diese Privatgesellschaft während der Epidemie gewissermaßen die Stelle der ärztlichen Behörde ein, da Medicinalcollegium und medizinische Fakultät in dieser Angelegenheit so gut wie nicht existierten: sie war eine Schaar patriotischer Freiwilliger ohne Aufgebot. Mit Vergnügen erinnere ich mich meiner Wirksamkeit in diesem aus 23 Ärzten und 3 Apothekern bestehenden Vereine, in welchem ein lebendiger, kräftiger Gemeinsinn und die vollkommenste Eintracht herrschte.

Indes brach die Krankheit am 28. Mai in Danzig aus; da aber von da aus das auf russischen Fahrzeugen dahin gebrachte Getreide über Königsberg zur russischen Armee geschafft werden sollte, so sah sich der Oberpräsident zu einer doppelzüngigen Sprache genötigt. Er erklärte unterm 8. Juni dem Königsberger Magistrate, die von demselben für nötig erachteten Maßregeln gründeten sich auf Voraussetzung einer Seuche, die indes in Danzig noch nicht anzunehmen sei, da noch immer nur 4 bis 5 (eigentlich 8) Menschen täglich (an der Cholera) stürben; Personen, welche gehörig legitimiert von daher kämen, dürften daher nicht in der Quarantäne aufgehalten werden und die von Danzig kommenden Fahrzeuge zum Transporte von Verpflegungsmitteln für die russischen Truppen sollte man ungestört ihre Ladungen einnehmen und abgehen lassen. In einer Bekanntmachung vom 9. Juni sagt er, an der angeblich mit Symptomen der Cholera in Danzig zum Vorschein gekommenen Krankheit wären vom 29. Mai bis 7. Juni 72 Personen erkrankt und 41 gestorben; es wären die Sperren der betroffenen Stadtteile veranlaßt, und insbesondere gegen die von Rußland und Polen kommenden Fahrzeuge die nötigen Sicherheitsvorkehrungen getroffen, so daß in dieser Beziehung eine Landesgefahr nicht zu befürchten stünde.

Im Juli rückte die Seuche, die in Danzig fortwährend herrschte, uns immer näher, indem sie am 12ten in Elbing, am 14ten in Posen, am 17ten in Pillau, am 18ten in Memel und am 19ten in Neidenburg ausbrach. In der Nacht vom 22sten auf den 23sten erschien sie in Königsberg: in einem Hause der Vorstadt, in welchem mehrere arme Familien gedrängt beisammen wohnten, erkrankten mit einem Male sieben Menschen daran, während zugleich in der Stadt ein Krankheitsfall vorkam.

Die medizinische Gesellschaft verschaffte sich ein Local, um täglich von 10 bis 12 Uhr zu gegenseitigen Mittheilungen und Beratungen zusammen zu kommen, lud auch die übrigen Ärzte der Stadt dazu ein. Auch traf sie die Einrichtung, daß in jeder Nacht von Abends 10 bis Morgens 6 Uhr zwei Ärzte in einem öffentlich angezeigten Locale wachten und Wagen, von der Communalbehörde geliefert, bereit standen, um sie dahin zu bringen, wo ihre Hülfe verlangt würde. Dadurch wurde die nächtliche Ruhe der übrigen Ärzte, welche gerade nicht auf der Wache waren, gesichert. Ich wollte, wie mich die Reihe träfe, ebenfalls an der Wache Teil nehmen, meine Kollegen nahmen es aber nicht an.

Von den Behörden wurden nun Versuche gemacht, die von der Immediatcommission angeordneten Maßregeln in Anwendung zu bringen. Kranke, deren Wohnung nicht geräumig genug sei, um darin gehörig abgesondert zu werden, sollten durch Reinigungsknechte in die Hospitäler gebracht werden, die ein geheimnisvolles Aussehen erhielten, indem die zu ihnen führenden Straßen durch hohe Bretterwände gesperrt waren; das Haus, in welchem ein Mensch an der Cholera erkrankte, sollte von Wachen umstellt und jeder Verkehr mit seinen Bewohnern bei Strafe von 20 Thalern oder achttägigem Gefängnisse bei Wasser und Brod aufgehoben sein u.s.w. Man überzeugte sich bald, daß die Anordnungen sich nicht ausführen ließen; aber die Versuche dazu brachten eine Gährung unter dem Volke hervor, und an Stelle der Krankheit bewies der Unverstand der Anordnungen seine Ansteckungskraft, indem er hin und wieder den wahnsinnigen Gedanken hervorrufte, man gehe damit um, sich der Armen zu entladen, indem man sie teils durch die polizeiliche Hinderung des Eintritts der mit Lebensmitteln zur Stadt kommenden Landleute verhungern, teils durch die Ärzte in den für jeden Andern unzugänglichen Räumen vergiften lassen wolle. Am 25sten hielt der Oberpräsident in Gegenwart der beiden Abgeordneten, welche die Immediat-Commission hierher geschickt hatte (Major von Below und Prof. Wagner) eine Beratung, in welcher das General-Commando es für unmöglich erklärte, die zu den Absperrungen und Cordons erforderlichen Truppen zu stellen und die Notwendigkeit anerkannt wurde, für den Unterhalt der Einwohner den Verkehr mehr frei zu geben; das Resultat war die Festsetzung, daß Jeder überall frei passieren könne, wer von der Sanitäts-Commission oder von seiner Ortspolizeibehörde eine Bescheinigung habe, daß er weder der Ansteckung verdächtig sei, noch auch in einem derselben verdächtigen Hause gewohnt habe. Daß diese Bescheinigungen völlig nichtssagend und eine leere Formalität waren, versteht sich von selbst.

An 26sten kam ein engerer Ausschuss zusammen, welchem ich ebenfalls beiwohnte und an dessen Resultaten ich vorzüglichen Anteil gehabt zu haben mich rühmen darf. Es wurde nämlich beschlossen, von Seiten der Regierung bekannt zu machen, daß, da die Erfahrung die zur Abwehr der Cholera getroffenen Maßregeln als im Innern des Landes unzulänglich, Angst und Besorgnis aber als vorzügliche Beförderungsmittel der Krankheit erwiesen habe, – die Torsperre aufgehoben sei, jeder Kranke, er sei arm oder reich, wenn er wolle, in seiner Wohnung bleiben könne, sein Haus nicht mehr gesperrt werde und die Beerdigung auch auf den gewöhnlichen Begräbnißplätzen gestattet sei. Um diese wesentliche Befreiung durchzusetzen, mußte ich noch in einige Beschränkungen einwilligen, auf welche der anwesende Regierungsrath drang, da sie doch den Schein gaben, als tue man noch etwas gegen die Ansteckung: es sollte nämlich am Hause eines Cholerakranken eine Tafel mit der Aufschrift: Cholera, aufgehängt werden; vor der Krankenstube sollte ein Wächter stehen, der außer den mit der Krankenpflege beschäftigten Personen Niemandem ohne Vorwissen des Arztes den Zutritt gestatten dürfe; auch sollte auf einem Tische eine Schale mit verdünntem Essig stehen, worein das Kaufgeld für empfangene Sachen geworfen würde; die Leichname endlich sollten nicht abgewaschen und bekleidet, die Särge aber vernagelt und verpicht werden. Diese Vorschriften zu beobachten, ist meines Wissens Niemandem eingefallen. Die Bekanntmachung der Beschlüsse wurde auf der Stelle gedruckt und die obigen Punkte derselben würden das Volk beruhigt haben.

Allein ein Mitglied der Regierung, welches die höhern Orts befohlene Ansteckungstheorie festhielt, auch demgemäß auf dem Walle in eigener Person Wache gestanden hatte, hielt die gedruckten Exemplare zwei Tage lang zurück und unterdessen brach der Unwille des Volkes in Aufruhr aus. Der zusammengerottete Pöbel bemächtigte sich am Morgen des 28. Juli des Polizeigebäudes, plünderte und verwüstete dasselbe und schlug die Scheinangriffe des Militärs mit Steinwürfen zurück. Da das Militär keinen ernsten Gebrauch von seinen Waffen machen durfte, so nahm der Tumult immer mehr überhand, ohne jedoch, da es an Anführern fehlte, zu ernsteren Unternehmungen zu kommen, bis endlich Nachmittags Bürger und Studierende, mit Schießgewehren und andern Waffen versehen, einschritten, das Polizeigebäude in Besitz nahmen und die teils in den Straßen postierten, teils in Branntweinhäuser geflüchteten Tumultuanten ergriffen und verhafteten, einige auch töteten.

Wir waren am Vormittage dieses Tages an unserem gewöhnlichen Versammlungsorte, als wir von dem Tumulte und von mehreren auf Ärzte gerichteten Angriffen Nachricht erhielten. Zugleich fanden wir im Zeitungsblatte dieses Tages eine Bekanntmachung des Oberpräsidenten, worin es hieß, »es hätten sich Spuren der Cholera in Königsberg gezeigt; es wären am 23sten vier Personen erkrankt und eine derselben gestorben, bei welcher nach dem ärztlichen Gutachten alle Zeichen der gedachten Krankheit zu finden gewesen sein sollten; seitdem wären einige neue Erkrankungen und vier Todesfalle zur Anzeige gekommen; die meisten der Verstorbenen hätten nach den darüber von den Ärzten abgestatteten Gutachten keineswegs an der asiatischen Cholera gelitten, vielmehr wäre ihr unregelmäßiges Leben unter Hinzutreten äußerer Einwirkungen die Ursache ihres plötzlichen Todes gewesen.« Hierdurch konnte denn der Wahn, als sei die Choleraepidemie eine böswillige Erdichtung der Ärzte, nur noch mehr Nahrung bekommen. Wir eilten also zum Oberpräsidenten und beschwerten uns, daß er durch diese der Wahrheit nicht entsprechende Anzeige die Ärzte bloß gestellt, den Verdacht, welchen der Pöbel auf sie geworfen, bestärkt und somit zu Fortsetzung der Verfolgungen, welchen sie bereits ausgesetzt gewesen, Anlaß gegeben habe. Durch allerhand diplomatische Wendungen wich er unseren Vorwürfen und unserer Forderung eines Widerrufs aus, gab jedoch seine Einwilligung dazu, daß ein von uns abzufassendes Publicandum unter unserem Namen erschiene. Wir erklärten also in der Zeitung vom 29. Juli, daß der gedachte, vom Oberpräsidenten unterzeichnete Zeitungsartikel nicht auf Angaben der Sanitäts-Commission, also auch nicht auf ärztlichen Berichten beruhe; daß alle in das neu eingerichtete Lazareth aufgenommene Kranke nach dem einstimmigen Urteile aller Ärzte an der asiatischen Cholera gelitten haben, die bei mehreren allerdings in Folge von Unmäßigkeit und ähnlichen schädlichen Einflüssen entstanden sei; und daß die Ärzte nicht angestanden hätten, ihr Urteil auszusprechen, sobald sie vom wirklichen Ausbruche der Epidemie überzeugt worden wären.

Um aber falschen Gerüchten zu begegnen, so wie etwaige schiefe Berichte der Behörden zu verhüten, entschlossen wir uns zu fortlaufenden öffentlichen Mittheilungen; wir wollten besonders der übertriebenen Besorgnis steuern, welche der

Seuche neuen Nahrungsstoff bereitete, zu verderblichen Maßregeln verleitete und dem ärztlichen Wirken störend in den
Weg trat. So legte ich am 2. August meinen ärztlichen Kollegen
in einem Umlaufschreiben den Plan zu Herausgabe einer
»Cholerazeitung« vor, welche sowohl Nachrichten über den
wahren Stand der Epidemie, als auch Belehrung über die darauf Bezug habenden Verhältnisse enthalten sollte. Der Plan
fand Beifall; ich übernahm die Redaction; am 3. August erschien die Ankündigung, schon am 6. August die erste Num-
mer, und so folgten wöchentlich zwei Blätter, bis zum 28. September, wo die Epidemie im Erlöschen war, zusammen 16
Nummern. Ich hatte demnach Gelegenheit, auch als Zeitungs-
redacteur einige Erfahrungen zu machen.

Am 15. August erhielt ich vom Ober-Präsidium den Auftrag, mich nach Wehlau, Labiau und Tapiau zu begeben, den
Stand der Cholera daselbst genau zu untersuchen und mit Hülfe der dasigen Behörden zu erforschen, ob die Krankheit
durch Ansteckung dahin gekommen sei und in welchen Fällen
sie sich ansteckend gezeigt habe, da die dasigen Einwohner an
eine unbedingte Ansteckungskraft glaubten und deshalb keinen
Arzt mehr in ihre Wohnungen lassen wollten. Ich brachte den
16. bis 18. August mit diesem Geschäfte zu und stattete am 19.
meinen Bericht ab. Am 28. August wurde ich eben so beauftragt, in Neidenburg, wo bei einer Zahl von 2000 Einwohnern
binnen drei Wochen 175 Menschen an Cholera erkrankt und
über 90 gestorben waren, die Ursachen dieser großen Ausbrei-
tung und Tödtlichkeit, so wie die Art der Behandlung der
Kranken zu untersuchen und alle für notwendig erachteten
Maßregeln sofort anzuordnen. Außer Neidenburg machte ich
auf der vom 29. August bis 3. September unternommenen Reise auch Landsberg, Liebstadt, Osterode, Friedland und Allen-
burg zum Gegenstande meiner Untersuchungen. Im October
reiste ich nach Elbing; – die Ausfertigung des Auftrages, die
Entstehungsweise der Krankheit in Mühlhausen, Frauenburg
und Braunsberg zu untersuchen, kam erst nach meiner Rück-

kehr in meine Hände, so daß ich dies Geschäft nicht vollziehen konnte.

Es ergab sich nun an keinem dieser Orte irgend ein haltbarer Beweis für die Einschleppung der Seuche und für die weitere Verbreitung derselben durch Ansteckung. Ich machte diese Resultate meiner Untersuchungen in unserer Zeitung bekannt, so wie Baer das gleiche Ergebnis einer sehr genauen Erforschung des Ausbruchs und der Verbreitung der Cholera in Königsberg daselbst mitteilte. Ich lieferte ferner Aufsätze über die Umstände, welche die Entstehung der Cholera begünstigen, namentlich über den Einfluß der Gemütsbewegungen darauf und bewies aus amtlichen Berichten die Erfolglosigkeit, Unausführbarkeit und Schädlichkeit der Cholera-Sperre. In demselben Sinne gaben nun auch die Doktoren Motherby, Hirsch, Jacoby u.s.w. schätzbare, der Zeit und der Sache angemessene Beiträge. Die Cholerazeitung bekämpfte fortwährend die Ansichten, von welchen das Ministerium ausgegangen war; die Behörden der Stadt wichen von der gegebenen Instruction gänzlich ab und die Abgeordneten der Immediat-Commission sahen sich zu ihrem Erstaunen außer Stand, hier etwas zu ändern. In Berlin erschien der Widerstand gegen irrige Ansichten und verderbliche Anordnungen als ein frevelhaftes Auflehnen gegen die höchsten Behörden und man schob die Schuld vornehmlich auf den Oberpräsidenten von Schön. Ein höherer Beamter daselbst schrieb zu dieser Zeit in einem vertraulichen Briefe Folgendes: Seit länger als einem halben Jahrhunderte hat sich durch Lage und Verhältnisse, durch Personen und Ereignisse in Ostpreußen, und besonders in Königsberg, ein Geist der Eifersucht und Opposition gegen die Hauptstadt entwickelt, der, so beklagenswert er an sich ist, doch unstreitig auch viel Gutes zur Folge gehabt hat. Offenbar hat dieser Geist großen Anteil an der Gesetzgebung vom I. 1808 und an der Errichtung der Landwehr, dem Glücklichsten, was für Preußen geschehen konnte. Aber eben so gewiß kann auch dieser Geist die heillosesten Nachtheile erzeugen. Der, welcher jetzt als der Retter und Wohltäter Königsbergs gepriesen, dessen Name aber hier mit Unwillen genannt wird, X ist der Repräsentant dieses Oppositionsgeistes. Diese Äußerung erscheint heute um so interessanter, da wir die Meinung des Herrn v. Schön über die Beamtenherrschaft aus seinem »Woher und wohin« jetzt kennen. – Da Königsberg gewissermaßen in Belagerungszustand gesetzt worden war, so war auch meine für ruhige Zeiten gültige Censorenmacht suspendirt und das der Cholerazeitung von mir gegebene Imprimatur nicht mehr hinreichend, sondern bedurfte noch der Bestätigung durch ein Mitglied der Regierung. Gleichwohl wurde ich im October mit einem Schreiben beehrt, des Inhalts, das Obercensur-Collegium habe sich über einen Aufsatz in der Cholerazeitung5 mit der Überschrift: zerbrochene Senfschüsseln, mißbilligend geäußert, und erwarte, daß ich in Verwaltung meines Censor-Amtes künftig die gewünschte Aufmerksamkeit und Sorgfalt anwenden werde.

Als die Zeitung nach dem Aufhören der Epidemie ebenfalls aufhörte, wurde der stipulirte Anteil am Gewinne des Verlegers nach Neidenburg als Beitrag zu Unterstützung der Armen, welche durch die Epidemie gelitten hatten, gesendet. Da aber die Zeitung als Stein des Anstoßes für Ansteckungstheorie und Sperrsystem eine geschichtliche Bedeutung gewonnen hatte, so wurde gegen Ende des Jahrs eine neue Auflage veranstaltet welche außer einigen neuen Aufsätzen von andern Verfassern eine Abhandlung über die Verbreitung und Tödtlichkeit der Cholera in Königsberg und einen Beitrag zur Geschichte der Cholera-Epidemie in den nordöstlichen Provinzen des preußischen Staats von mir enthält. Bei dieser Arbeit vertiefte ich mich in statistische Untersuchungen, die mir viel Mühe und Zeit kosteten und wenig Resultate gaben; da die medizinische Gesellschaft ihre Verhandlungen über die Cholera herausgab, so erschien mein Aussatz im zweiten Bande derselben, so wie in einem besondern Abdrucke. Die letzte Erwiderung auf Professor Wagners Behauptungen über die Verbreitung der Cholera in Preußen findet sich in Clarus und Radius Beiträgen zur medizinischen und chirurgischen Klinik.

Was mein persönliches Verhalten anlangt, so leistete ich jedem Kranken, der sich an mich wendete, den verlangten Beistand; auch besuchte ich fleißig die Cholera-Hospitäler. Die im Auftrage des Ober-Präsidiums unternommenen kleinen Reisen boten manches Interessante dar. In dem einen Städtchen begrüßten mich die Väter der Stadt als einen Schutzengel, der gesandt wäre, um bei ihnen zu bleiben, und führten mich zunächst zu einigen Honoratioren, die, ganz gesund, im Angstschweiße das Bett hüteten; in einem andern stellte mich der Bürgermeister auf der Straße der versammelten Volksmenge in pathetischer Rede als Helfer und Tröster vor, und nötigte mich, ebenfalls zum Volke zu sprechen. An Orten, welche von der Epidemie noch verschont waren, verweigerten mir die Postmeister Pferde, respektierten die Ordre des Ober-Präsidiums nicht, weil sie von ihrer höchsten Behörde entgegengesetzte Befehle hatten, und erklärten es für ganz unzulässig, einen königlichen Postillon nach einer verpesteten Stadt fahren zu lassen; in einer Stadt, die ebenfalls von der Krankheit noch unberührt geblieben war und dies ihrer strengen Absperrung zuschrieb, sammelte sich sogleich um meinen Wagen eine Menge Volks, und da es über eine Stunde dauerte, ehe wir frische Postpferde bekamen, ich aber, um keine Verantwortung auf mich zu laden, nicht aussteigen wollte, so hielt ich mit meinem Gefährten aus unserem Magazine unsere Abendmahlzeit, unter fortwährender aufmerksamer Beobachtung von einigen hundert Menschen, die den Wagen umringten. Ich hatte auf dieser Reise einen sehr angenehmen Gesellschafter an dem Dr. Schneemann aus Hannover, der im Auftrage seiner Regierung reiste, um die Cholera näher kennen zu lernen. Wir wurden einander recht befreundet, und da wir auch in Betreff Polens übereinstimmend dachten, so machten wir von Neidenburg aus eine phantastische und nicht ganz gefahrlose Excursion über die streng bewachte Grenze, um, auf polnischen Boden gelagert, von dessen Befreiung zu träumen und Blumen von demselben nach unserer Heimat zu bringen. Übrigens bot sich mir in dieser Zeit manche Gelegenheit dar, polnischen Flüchtlingen zu dienen, insonderheit solchen, die in Königsberg ihre Studien fortsetzen wollten. Darauf bezog sich ein an mich gerichtetes Schreiben des »National-Comité der polnischen Emigration« von Paris den 8. December 1832, unterzeichnet: »Der Präsident Divisions-General Dwernicky« folgenden Inhalts: »Mehrere unserer jungen Männer in der Pilgerschaft, welche Ihren Vorlesungen beigewohnt und sich unter Ihnen gebildet haben, erinnern sich Ihrer noch mit Wohlgefallen, und das Ihnen von denselben gegebene Zeugnis der Menschenliebe, davon Sie stets Beweise gegeben, ist die Veranlassung, daß wir uns an Sie wenden, beiliegendes Schreiben Ihren Kollegen gütigst vortragen und es bei ihnen unterstützen zu wollen.« Das beigelegte, eben so unschuldige Schreiben enthielt bloß die Bitte um Unterstützung der in Königsberg studierenden jungen Polen, und wurde vom akademischen Senate an unser Ministerium eingesendet!!

Heinrich Heine:
Französische Zustände
(Augsburger »Allgemeine Zeitung« 1832)

Paris, 19. April 1832

Ich will ein Fragment des Artikels, der hier angekündigt worden, in der Beilage mitteilen. In einem nächsten Buche mag dann die später geschriebene Ergänzung nachfolgen. Ich wurde in dieser Arbeit viel gestört, zumeist durch das grauenhafte Schreien meines Nachbars, welcher an der Cholera starb. Überhaupt muß ich bemerken, daß die damaligen Umstände auch auf die folgenden Blätter mißlich eingewirkt; ich bin mir zwar nicht bewußt, die mindeste Unruhe empfunden zu haben, aber es ist doch sehr störsam, wenn einem beständig das Sichelwetzen des Todes allzu vernehmbar ans Ohr klingt. Ein mehr körperliches als geistiges Unbehagen, dessen man sich doch nicht erwehren konnte, würde mich mit den andern Fremden ebenfalls von hier verscheucht haben; aber mein bester Freund lag hier krank darnieder. Ich bemerke dieses, damit man mein Zurückbleiben in Paris für keine Bravade ansehe. Nur ein Tor konnte sich darin gefallen, der Cholera zu trotzen.

Es war eine Schreckenszeit, weit schauerlicher als die frühere, da die Hinrichtungen so rasch und so geheimnisvoll stattfanden. Es war ein verlarvter Henker, der mit einer unsichtbaren Guillotine ambulante durch Paris zog. »Wir werden einer nach dem andern in den Sack gesteckt!« sagte seufzend mein Bedienter jeden Morgen, wenn er mir die Zahl der Toten oder das Verscheiden eines Bekannten meldete. Das Wort »in den Sack stecken« war gar keine Redefigur; es fehlte bald an Särgen, und der größte Teil der Toten wurde in Säcken beerdigt.

Als ich vorige Woche an einem öffentlichen Gebäude vorbeiging und in der geräumigen Halle das lustige Volk sah, die springend munteren Französchen, die niedlichen Plaudertaschen von Französinnen, die dort lachend und schäkernd ihre Einkäufe machten, da erinnerte ich mich, daß hier während der Cholerazeit, hoch aufeinander geschichtet, viele Hundert weiße Säcke standen, die lauter Leichname enthielten, und daß man hier sehr wenige, aber desto fatalere Stimmen hörte, nämlich wie die Leichenwächter mit unheimlicher Gleichgültigkeit ihre Säcke den Totengräbern zuzählten, und diese wieder, während sie solche auf ihre Karren luden, gedämpfteren Tones die Zahl wiederholten oder gar sich grell laut beklagten, man habe ihnen einen Sack zu wenig geliefert, wobei nicht selten ein sonderbares Gezänk entstand. Ich erinnere mich, daß zwei kleine Knäbchen mit betrübter Miene neben mir standen und der eine mich frug: ob ich ihm nicht sagen könne, in welchem Sacke sein Vater sei?

Die folgende Mitteilung hat vielleicht das Verdienst, daß sie gleichsam ein Bulletin ist, welches auf dem Schlachtfelde selbst, und zwar während der Schlacht geschrieben worden, und daher unverfälscht die Farbe des Augenblicks trägt. Thucydides, der Historienschreiber, und Boccaccio, der Novellist, haben uns freilich bessere Darstellungen dieser Art hinterlassen; aber ich zweifle, ob sie genug Gemütsruhe besessen hätten, während die Cholera ihrer Zeit am entsetzlichsten um sie her wütete, sie gleich als schleunigen Artikel für die Allgemeine Zeitung von Korinth oder Pisa so schön und meisterhaft zu beschreiben.

Ich werde bei den folgenden Blättern einem Grundsatz treu bleiben, den ich auch bei dem ganzen Buche ausübe, nämlich: daß ich nichts an diesen Artikeln ändere, daß ich sie ganz so abdrucken lasse, wie ich sie ursprünglich geschrieben, daß ich nur hie und da irgendein Wort einschalte oder ausmerze, wenn dergleichen in meiner Erinnerung dem ursprünglichen Manuskript entspricht. Solche kleine Reminiszenzen kann ich nicht abweisen, aber sie sind sehr selten, sehr geringfügig und betreffen nie eigentliche Irrtümer, falsche Prophezeiungen und schiefe Ansichten, die hier nicht fehlen dürfen, da sie zur Geschichte der Zeit gehören. Die Ereignisse selbst bilden immer die beste Berichtigung.

Ich rede von der Cholera, die seitdem hier herrscht, und zwar unumschränkt, und die ohne Rücksicht auf Stand und Gesinnung tausendweise ihre Opfer niederwirft. Man hatte jener Pestilenz um so sorgloser entgegengesehn, da aus London die Nachricht angelangt war, daß sie verhältnismäßig nur wenige hingerafft. Es schien anfänglich sogar darauf abgesehen zu sein, sie zu verhöhnen, und man meinte, die Cholera werde ebensowenig wie jede andere große Reputation sich hier in Ansehn erhalten können. Da war es nun der guten Cholera nicht zu verdenken, daß sie aus Furcht vor dem Ridikül zu einem Mittel griff, welches schon Robespierre und Napoleon als probat befunden, daß sie nämlich, um sich in Respekt zu setzen, das Volk dezimiert. Bei dem großen Elende, das hier herrscht, bei der kolossalen Unsauberkeit, die nicht bloß bei den ärmern Klassen zu finden ist, bei der Reizbarkeit des Volks überhaupt, bei seinem grenzenlosen Leichtsinne, bei dem gänzlichen Mangel an Vorkehrungen und Vorsichtsmaßregeln, mußte die Cholera hier rascher und furchtbarer als anderswo um sich greifen.

Ihre Ankunft war den 29. März offiziell bekanntgemacht worden, und da dieses der Tag des Mi-Carême und das Wetter sonnig und lieblich war, so tummelten sich die Pariser um so lustiger auf den Boulevards, wo man sogar Masken erblickte, die in karikierter Mißfarbigkeit und Ungestalt die Furcht vor der Cholera und die Krankheit selbst verspotteten. Desselben Abends waren die Redouten besuchter als jemals; übermütiges Gelächter überjauchzte fast die lauteste Musik, man erhitzte sich beim Chahût, einem nicht sehr zweideutigen Tanze, man schluckte dabei allerlei Eis und sonstig kaltes Getrinke: als plötzlich der lustigste der Arlequine eine allzu große Kühle in den Beinen verspürte und die Maske abnahm und zu aller Welt Verwunderung ein veilchenblaues Gesicht zum Vorschein kam. Man merkte bald, daß solches kein Spaß sei, und das Gelächter verstummte, und mehrere Wagen voll Menschen fuhr man von der Redoute gleich nach dem Hôtel-Dieu, dem Zentralhospitale, wo sie, in ihren abenteuerlichen Maskenkleidern anlangend, gleich verschieden. Da man in der ersten Bestürzung an Ansteckung glaubte und die ältern Gäste des Hôtel-Dieu ein gräßliches Angstgeschrei erhoben, so sind jene Toten, wie man sagt, so schnell beerdigt worden, daß man ihnen nicht einmal die buntscheckigen Narrenkleider auszog, und lustig, wie sie gelebt haben, liegen sie auch lustig im Grabe.

Nichts gleicht der Verwirrung, womit jetzt plötzlich Sicherungsanstalten getroffen wurden. Es bildete sich eine Commission sanitaire, es wurden überall Bureaux de secours eingerichtet, und die Verordnung in betreff der Salubrité publique sollte schleunigst in Wirksamkeit treten. Da kollidierte man zuerst mit den Interessen einiger tausend Menschen, die den öffentlichen Schmutz als ihre Domäne betrachten. Dieses sind die sogenannten Chiffonniers, die von dem Kehricht, der sich des Tags über vor den Häusern in den Kotwinkeln aufhäuft, ihren Lebensunterhalt ziehen. Mit großen Spitzkörben auf dem Rücken und einem Hakenstock in der Hand schlendern diese Menschen, bleiche Schmutzgestalten, durch die Straßen und wissen mancherlei, was noch brauchbar ist, aus dem Kehricht aufzugabeln und zu verkaufen. Als nun die Polizei, damit der Kot nicht lange auf den Straßen liegen bleibe, die Säuberung derselben in Entreprise gab, und der Kehricht, auf Karren verladen, unmittelbar zur Stadt hinausgebracht ward aufs freie Feld, wo es den Chiffonniers freistehen sollte, nach Herzenslust darin herumzufischen: da klagten diese Menschen, daß sie, wo nicht ganz brotlos, doch wenigstens in ihrem Erwerbe geschmälert worden, daß dieser Erwerb ein verjährtes Recht sei, gleichsam ein Eigentum, dessen man sie nicht nach Willkür berauben könne.

Es ist sonderbar, daß die Beweistümer, die sie in dieser Hinsicht vorbrachten, ganz dieselben sind, die auch unsere Krautjunker, Zunftherren, Gildemeister, Zehntenprediger, Fakultätsgenossen und sonstige Vorrechtsbeflissene vorzubringen pflegen, wenn die alten Mißbräuche, wovon sie Nutzen ziehen, der Kehricht des Mittelalters, endlich fortgeräumt werden sollen, damit durch den verjährten Moder und Dunst unser jetziges Leben nicht verpestet werde. Als ihre Protestationen nichts halfen, suchten die Chiffonniers gewalttätig die Reinigungsreform zu hintertreiben; sie versuchten eine kleine Konterrevolution, und zwar in Verbindung mit alten Weibern, den Revendeuses, denen man verboten hatte, das übelriechende Zeug, das sie größtenteils von den Chiffonniers erhandeln, längs den Kais zum Wiederverkaufe auszukramen. Da sahen wir nun die widerwärtigste Meute: die neuen Reinigungskarren wurden zerschlagen und in die Seine geschmissen; die Chiffonniers barrikadierten sich bei der Porte St. Denis; mit ihren großen Regenschirmen fochten die alten Trödelweiber auf dem Châtelet; der Generalmarsch erscholl; Casimir Périer ließ seine Myrmidonen aus ihren Butiken heraustrommeln; der Bürgerthron zitterte; die Rente fiel; die Karlisten jauchzten. Letztere hatten endlich ihre natürlichsten Alliierten gefunden, Lumpensammler und alte Trödelweiber, die sich jetzt mit denselben Prinzipien geltend machten, als Verfechter des Herkömmlichen, der überlieferten Erbkehrichtsinteressen, der Verfaultheiten aller Art.

Als die Meute der Chiffonniers durch bewaffnete Macht gedämpft worden und die Cholera noch immer nicht so wütend um sich griff, wie gewisse Leute es wünschten, die bei jeder Volksnot und Volksaufregung, wenn auch nicht den Sieg ihrer eigenen Sache, doch wenigstens den Untergang der jetzigen Regierung erhoffen, da vernahm man plötzlich das Gerücht: die vielen Menschen, die so rasch zur Erde bestattet würden, stürben nicht durch eine Krankheit, sondern durch Gift. Gift, hieß es, habe man in alle Lebensmittel zu streuen gewußt, auf den Gemüsemärkten, bei den Bäckern, bei den Fleischern, bei den Weinhändlern. Je wunderlicher die Erzählungen lauteten, desto begieriger wurden sie vom Volke aufgegriffen, und selbst die kopfschüttelnden Zweifler mußten ihnen Glauben schenken, als des Polizeipräfekten Bekanntmachung erschien. Die Polizei, welcher hier wie überall weniger daran gelegen ist, die Verbrechen zu vereiteln, als vielmehr sie gewußt zu haben, wollte entweder mit ihrer allgemeinen Wissenschaft prahlen, oder sie gedachte, bei jenen Vergiftungsgerüchten, sie mögen wahr oder falsch sein, wenigstens von der Regierung jeden Argwohn abzuwenden: genug, durch ihre unglückselige Bekanntmachung, worin sie ausdrücklich sagte, daß sie den Giftmischern auf der Spur sei, ward das böse Gerücht offiziell bestätigt, und ganz Paris geriet in die grauenhafteste Todesbestürzung.

»Das ist unerhört«, schrien die ältesten Leute, die selbst in den grimmigsten Revolutionszeiten keine solche Frevel erfahren hatten. »Franzosen, wir sind entehrt!« riefen die Männer und schlugen sich vor die Stirne. Die Weiber mit ihren kleinen Kindern, die sie angstvoll an ihr Herz drückten, weinten bitterlich und jammerten: daß die unschuldigen Würmchen in ihren Armen stürben. Die armen Leute wagten weder zu essen noch zu trinken und rangen die Hände vor Schmerz und Wut. Es war, als ob die Welt unterginge. Besonders an den Straßenecken, wo die rotangestrichenen Weinläden stehen, sammelten und berieten sich die Gruppen, und dort war es meistens, wo man die Menschen, die verdächtig aussahen, durchsuchte, und wehe ihnen, wenn man irgend etwas Verdächtiges in ihren Taschen fand! Wie wilde Tiere, wie Rasende fiel dann das Volk über sie her. Sehr viele retteten sich durch Geistesgegenwart; viele wurden durch die Entschlossenheit der Kommunalgarden, die an jenem Tage überall herumpatrouillierten, der Gefahr entrissen; andere wurden schwer verwundet und verstümmelt; sechs Menschen wurden aufs unbarmherzigste ermordet.

Es gibt keinen gräßlicheren Anblick als solchen Volkszorn, wenn er nach Blut lechzt und seine wehrlosen Opfer hinwürgt. Dann wälzt sich durch die Straßen ein dunkles Menschenmeer, worin hie und da die Ouvriers in Hemdsärmeln wie weiße Sturzwellen hervorschäumen, und das heult und braust, gnadenlos, heidnisch, dämonisch. An der Straße St. Denis hörte ich den altberühmten Ruf »à la lanterne!«, und mit Wut erzählten mir einige Stimmen, man hänge einen Giftmischer. Die einen sagten, er sei ein Karlist, man habe ein brevet du lis in seiner Tasche gefunden; die andern sagten, es sei ein Priester, ein solcher sei alles fähig. Auf der Straße Vaugirard, wo man zwei Menschen, die ein weißes Pulver bei sich gehabt, ermordete, sah ich einen dieser Unglücklichen, als er noch etwas röchelte und eben die alten Weiber ihre Holzschuhe von den Füßen zogen und ihn damit so lange auf den Kopf schlugen, bis er tot war. Er war ganz nackt und blutrünstig zerschlagen und zerquetscht; nicht bloß die Kleider, sondern auch die Haare, die Scham, die Lippen und die Nase waren ihm abgerissen, und ein wüster Mensch band dem Leichname einen Strick um die Füße und schleifte ihn damit durch die Straße, während er beständig schrie: »Voilà le Choléra-morbus!« Ein wunderschönes, wutblasses Weibsbild mit entblößten Brüsten und blutbedeckten Händen stand dabei und gab dem Leichname, als er ihr nahe kam, noch einen Tritt mit dem Fuße. Sie lachte und bat mich, ihrem zärtlichen Handwerke einige Franks zu zollen, damit sie sich dafür ein schwarzes Trauerkleid kaufe; denn ihre Mutter sei vor einigen Stunden gestorben, an Gift.

Des andern Tags ergab sich aus den öffentlichen Blättern, daß die unglücklichen Menschen, die man so grausam ermordet hatte, ganz unschuldig gewesen, daß die verdächtigen Pulver, die man bei ihnen gefunden, entweder aus Kampfer oder Chlorüre oder sonstigen Schutzmitteln gegen die Cholera bestanden, und daß die vorgeblich Vergifteten ganz natürlich an der herrschenden Seuche gestorben waren. Das hiesige Volk, das, wie das Volk überall, rasch in Leidenschaft geratend, zu Greueln verleitet werden kann, kehrt jedoch ebenso rasch zur Milde zurück und bereut mit rührendem Kummer seine Untat, wenn es die Stimme der Besonnenheit vernimmt. Mit solcher Stimme haben die Journale gleich des andern Morgens das Volk zu beschwichtigen und zu besänftigen gewußt, und es mag als ein Triumph der Presse signalisiert werden, daß sie imstande war, dem Unheile, welches die Polizei angerichtet, so schnell Einhalt zu tun. Rügen muß ich hier das Benehmen einiger Leute, die eben nicht zur untern Klasse gehören und sich doch vom Unwillen so weit hinreißen ließen, daß sie die Partei der Karlisten öffentlich der Giftmischerei bezüchtigten.

So weit darf die Leidenschaft uns nie führen; wahrlich, ich würde mich sehr lange bedenken, ehe ich gegen meine giftigsten Feinde solche gräßliche Beschuldigung ausspräche. Mit Recht in dieser Hinsicht beklagten sich die Karlisten. Nur daß sie dabei so laut schimpfend sich gebärdeten, könnte mir Argwohn einflößen; das ist sonst nicht die Sprache der Unschuld. Aber es hat nach der Überzeugung der Bestunterrichteten gar keine Vergiftung stattgefunden. Man hat vielleicht Scheinvergiftungen angezettelt, man hat vielleicht wirklich einige Elende gedungen, die allerlei unschädliche Pulver auf die Lebensmittel streuten, um das Volk in Unruhe zu setzen und aufzureizen; war dieses letztere der Fall, so muß man dem Volke sein tumultuarisches Verfahren nicht zu hoch anrechnen, um so mehr, da es nicht aus Privathaß entstand, sondern »im Interesse des allgemeinen Wohls ganz nach den Prinzipien der Abschreckungstheorie«. Ja, die Karlisten waren vielleicht in die Grube gestürzt, die sie der Regierung gegraben; nicht dieser, noch viel weniger den Republikanern wurden die Vergiftungen allgemein zugeschrieben, sondern jener Partei, »die immer durch die Waffen besiegt, durch feige Mittel sich immer wieder erhob, die immer nur durch das Unglück Frankreichs zu Glück und Macht gelangte, und die jetzt, die Hülfe der Kosaken entbehrend, wohl leichtlich zu gewöhnlichem Gifte ihre Zuflucht nehmen konnte«. So ungefähr äußerte sich der »Constitutionnel«.

Was ich selbst an dem Tage, wo jene Totschläge stattfanden, an besonderer Einsicht gewann, das war die Überzeugung, daß die Macht der ältern Bourbonen nie und nimmermehr in Frankreich gedeihen wird. Ich hatte aus den verschiedenen Menschengruppen die merkwürdigsten Worte gehört; ich hatte tief hinabgeschaut in das Herz des Volkes; es kennt seine Leute.

Seitdem ist hier alles ruhig; l'ordre règne à Paris, würde Horatius Sebastiani sagen. Eine Totenstille herrscht in ganz Paris. Ein steinerner Ernst liegt auf allen Gesichtern. Mehrere Abende lang sah man sogar auf den Boulevards wenig Menschen, und diese eilten einander schnell vorüber, die Hand oder ein Tuch vor dem Munde. Die Theater sind wie ausgestorben. Wenn ich in einen Salon trete, sind die Leute verwundert, mich noch in Paris zu sehen, da ich doch hier keine notwendigen Geschäfte habe. Die meisten Fremden, namentlich meine Landsleute, sind gleich abgereist. Gehorsame Eltern hatten von ihren Kindern Befehl erhalten, schleunigst nach Hause zu kommen. Gottesfürchtige Söhne erfüllten unverzüglich die zärtliche Bitte ihrer lieben Eltern, die ihre Rückkehr in die Heimat wünschten; ehre Vater und Mutter, damit du lange lebest auf Erden! Bei andern erwachte plötzlich eine unendliche Sehnsucht nach dem teuern Vaterlande, nach den romantischen Gauen des ehrwürdigen Rheins, nach den geliebten Bergen, nach dem holdseligen Schwaben, dem Lande der frommen Minne, der Frauentreue, der gemütlichen Lieder und der gesündern Luft.

Man sagt, auf dem Hôtel de Ville seien seitdem über 120000 Pässe ausgegeben worden. Obgleich die Cholera sichtbar zunächst die ärmere Klasse angriff, so haben doch die Reichen gleich die Flucht ergriffen. Gewissen Parvenüs war es nicht zu verdenken, daß sie flohen; denn sie dachten wohl, die Cholera, die weit her aus Asien komme, weiß nicht, daß wir in der letzten Zeit viel Geld an der Börse verdient haben, und sie hält uns vielleicht noch für einen armen Lump und läßt uns ins Gras beißen. Hr. Aguado, einer der reichsten Bankiers und Ritter der Ehrenlegion, war Feldmarschall bei jener großen Retirade. Der Ritter soll beständig mit wahnsinniger Angst zum Kutschfenster hinausgesehen und seinen blauen Bedienten, der hinten aufstand, für den leibhaftigen Tod, den Cholera-morbus, gehalten haben.

Das Volk murrte bitter, als es sah, wie die Reichen flohen und bepackt mit Ärzten und Apotheken sich nach gesündern Gegenden retteten. Mit Unmut sah der Arme, daß das Geld auch ein Schutzmittel gegen den Tod geworden. Der größte Teil des Justemilieu und der haute Finance ist seitdem ebenfalls davongegangen und lebt auf seinen Schlössern. Die eigentlichen Repräsentanten des Reichtums, die Herren von Rothschild, sind jedoch ruhig in Paris geblieben, hierdurch beurkundend, daß sie nicht bloß in Geldgeschäften großartig und kühn sind. Auch Casimir Périer zeigte sich großartig und kühn, indem er nach dem Ausbruche der Cholera das Hôtel-Dieu besuchte; sogar seine Gegner mußte es betrüben, daß er in der Folge dessen bei seiner bekannten Reizbarkeit selbst von der Cholera ergriffen worden. Er ist ihr jedoch nicht unterlegen, denn er selber ist eine schlimmere Krankheit. Auch der junge Kronprinz, der Herzog von Orléans, welcher in Begleitung Périers das Hospital besuchte, verdient die schönste Anerkennung. Die ganze königliche Familie hat sich in dieser trostlosen Zeit ebenfalls rühmlich bewiesen.

Beim Ausbruche der Cholera versammelte die gute Königin ihre Freunde und Diener und verteilte unter ihnen Leibbinden von Flanell, die sie meistens selbst verfertigt hat. Die Sitten der alten Chevalerie sind nicht erloschen; sie sind nur ins Bürgerliche umgewandelt; hohe Damen versehen ihre Kämpen jetzt mit minder poetischen, aber gesündern Schärpen. Wir leben ja nicht mehr in den alten Helm- und Harnischzeiten des kriegerischen Rittertums, sondern in der friedlichen Bürgerzeit der warmen Leibbinden und Unterjacken; wir leben nicht mehr im eisernen Zeitalter, sondern im flanellenen. Flanell ist wirklich jetzt der beste Panzer gegen die Angriffe des schlimmsten Feindes, gegen die Cholera. »Venus würde heutzutage«, sagt ›Figaro‹, »einen Gürtel von Flanell tragen.« Ich selbst stecke bis am Halse in Flanell und dünke mich dadurch cholerafest.

Auch der König trägt jetzt eine Leibbinde vom besten Bürgerflanell.

Ich darf nicht unerwähnt lassen, daß er, der Bürgerkönig, bei dem allgemeinen Unglücke viel Geld für die armen Bürger hergegeben und sich bürgerlich mitfühlend und edel benommen hat. – Da ich mal im Zuge bin, will ich auch den Erzbischof von Paris loben, welcher ebenfalls im Hôtel-Dieu, nachdem der Kronprinz und Périer dort ihren Besuch abgestattet, die Kranken zu trösten kam. Er hatte längst prophezeit, daß Gott die Cholera als Strafgericht schicken werde, um ein Volk zu züchtigen, »welches den allerchristlichsten König fortgejagt und das katholische Religionsprivilegium in der Charte abgeschafft hat«. Jetzt, wo der Zorn Gottes die Sünder heimsucht, will Herr von Quelen sein Gebet zum Himmel schicken und Gnade erflehen, wenigstens für die Unschuldigen; denn es sterben auch viele Karlisten.

Außerdem hat Herr von Quelen, der Erzbischof, sein Schloß Conflans angeboten zur Errichtung eines Hospitals. Die Regierung hat aber dieses Anerbieten abgelehnt, da dieses Schloß in wüstem, zerstörtem Zustande ist und die Reparaturen zuviel kosten würden. Außerdem hatte der Erzbischof verlangt, daß man ihm in diesem Hospital freie Hand lassen müsse. Man durfte aber die Seelen der armen Kranken, deren Leiber schon an einem schrecklichen Übel litten, nicht den quälenden Rettungsversuchen aussetzen, die der Erzbischof und seine geistlichen Gehülfen beabsichtigten; man wollte die verstockten Revolutionssünder lieber ohne Mahnung an ewige Verdammnis und Höllenqual, ohne Beicht und Ölung, an der bloßen Cholera sterben lassen. Obgleich man behauptet, daß der Katholizismus eine passende Religion sei für so unglückliche Zeiten wie die jetzigen, so wollen doch die Franzosen sich nicht mehr dazu bequemen, aus Furcht, sie würden diese Krankheitsreligion alsdann auch in glücklichen Tagen behalten müssen.

Es gehen jetzt viele verkleidete Priester im Volke herum und behaupten, ein geweihter Rosenkranz sei ein Schutzmittel gegen die Cholera. Die Saint-Simonisten rechnen zu den Vorzügen ihrer Religion, daß kein Saint-Simonist an der herrschenden Krankheit sterben könne; denn da der Fortschritt ein Naturgesetz sei und der soziale Fortschritt im Saint-Simonismus liege, so dürfe, solange die Zahl seiner Apostel noch unzureichend ist, keiner von denselben sterben. Die Bonapartisten behaupten: wenn man die Cholera an sich verspüre, so solle man gleich zur Vendômesäule hinauf schauen: man bleibe alsdann am Leben. So hat jeder seinen Glauben in dieser Zeit der Not. Was mich betrifft, ich glaube an Flanell. Gute Diät kann auch nicht schaden, nur muß man wieder nicht zu wenig essen wie gewisse Leute, die des Nachts die Leibschmerzen des Hungers für Cholera halten. Es ist spaßhaft, wenn man sieht, mit welcher Poltronerie die Leute jetzt bei Tische sitzen und die menschenfreundlichsten Gerichte mit Mißtrauen betrachten und tief seufzend die besten Bissen hinunterschlucken. Man soll, haben ihnen die Ärzte gesagt, keine Furcht haben und jeden Ärger vermeiden; nun aber fürchten sie, daß sie sich mal unversehens ärgern möchten, und ärgern sich wieder, daß sie deshalb Furcht hatten. Sie sind jetzt die Liebe selbst und gebrauchen oft das Wort mon Dieu, und ihre Stimme ist hingehaucht milde wie die einer Wöchnerin. Dabei riechen sie wie ambulante Apotheken, fühlen sich oft nach dem Bauche, und mit zitternden Augen fragen sie jede Stunde nach der Zahl der Toten. Daß man diese Zahl nie genau wußte, oder vielmehr, daß man von der Unrichtigkeit der ausgegebenen Zahl überzeugt war, füllte die Gemüter mit vagem Schrecken und steigerte die Angst ins Unermeßliche. In der Tat, die Journale haben seitdem eingestanden, daß in einem Tage, nämlich den zehnten April, an die zweitausend Menschen gestorben sind. Das Volk ließ sich nicht offiziell täuschen und klagte beständig, daß mehr Menschen stürben, als man angebe.

Mein Barbier erzählte mir, daß eine alte Frau auf dem Faubourg Montmartre die ganze Nacht am Fenster sitzengeblieben, um die Leichen zu zählen, die man vorbeitrüge; sie habe dreihundert Leichen gezählt, worauf sie selbst, als der Morgen anbrach, von dem Froste und den Krämpfen der Cholera ergriffen ward und bald verschied. Wo man nur hinsah auf den Straßen, erblickte man Leichenzüge oder, was noch melancholischer aussieht, Leichenwagen, denen niemand folgte. Da die vorhandenen Leichenwagen nicht zureichten, mußte man allerlei andere Fuhrwerke gebrauchen, die, mit schwarzem Tuch überzogen, abenteuerlich genug aussahen. Auch daran fehlte es zuletzt, und ich sah Särge in Fiakern fortbringen; man legte sie in die Mitte, so daß aus den offenen Seitentüren die beiden Enden herausstanden. Widerwärtig war es anzuschauen, wenn die großen Möbelwagen, die man beim Ausziehen gebraucht, jetzt gleichsam als Totenomnibusse, als omnibus mortuis, herumfuhren und sich in den verschiedenen Straßen die Särge aufladen ließen und sie dutzendweise zur Ruhestätte brachten.

Die Nähe eines Kirchhofs, wo die Leichenzüge zusammentrafen, gewährte erst recht den trostlosesten Anblick. Als ich einen guten Bekannten besuchen wollte und eben zur rechten Zeit kam, wo man seine Leiche auflud, erfaßte mich die trübe Grille, eine Ehre, die er mir mal erwiesen, zu erwidern, und ich nahm eine Kutsche und begleitete ihn nach Père Lachaise. Hier nun, in der Nähe dieses Kirchhofs, hielt plötzlich mein Kutscher still, und als ich aus meinen Träumen erwachend mich umsah, erblickte ich nichts als Himmel und Särge. Ich war unter einige hundert Leichenwagen geraten, die vor dem engen Kirchhofstore gleichsam Queue machten, und in dieser schwarzen Umgebung, unfähig mich herauszuziehen, mußte ich einige Stunden ausdauern. Aus Langeweile frug ich den Kutscher nach dem Namen meiner Nachbarleiche, und, wehmütiger Zufall! er nannte mir da eine junge Frau, deren Wagen einige Monate vorher, als ich zu Lointier nach einem Balle fuhr, in ähnlicher Weise einige Zeit neben dem meinigen stillehalten mußte. Nur daß die junge Frau damals mit ihrem hastigen Blumenköpfchen und lebhaften Mondscheingesichtchen öfters zum Kutschenfenster hinausblickte und über die Verzögerung ihre holdeste Mißlaune ausdrückte. Jetzt war sie sehr still und vielleicht blau.

Manchmal jedoch, wenn die Trauerpferde an den Leichenwagen sich schaudernd unruhig bewegten, wollte es mich bedünken, als regte sich die Ungeduld in den Toten selbst, als seien sie des Wartens müde, als hätten sie Eile, ins Grab zu kommen; und wie nun gar an dem Kirchhofstore ein Kutscher dem andern vorauseilen wollte und der Zug in Unordnung geriet, die Gendarmen mit blanken Säbeln dazwischenfuhren, hie und da ein Schreien und Fluchen entstand, einige Wagen umstürzten, die Särge auseinanderfielen, die Leichen hervorkamen: da glaubte ich die entsetzlichste aller Meuten zu sehen, die Totenmeute. Ich will, um die Gemüter zu schonen, hier nicht erzählen, was ich auf dem Père Lachaise gesehen habe. Genug, gefesteter Mann wie ich bin, konnte ich mich doch des tiefsten Grauens nicht erwehren. Man kann an den Sterbebetten das Sterben lernen und nachher mit heiterer Ruhe den Tod erwarten; aber das Begrabenwerden unter die Choleraleichen, in die Kalkgräber, das kann man nicht lernen. Ich rettete mich so rasch als möglich auf den höchsten Hügel des Kirchhofs, wo man die Stadt so schön vor sich liegen sieht. Eben war die Sonne untergegangen, ihre letzten Strahlen schienen wehmütig Abschied zu nehmen, die Nebel der Dämmerung umhüllten wie weiße Laken das kranke Paris, und ich weinte bitterlich über die unglückliche Stadt, die Stadt der Freiheit, der Begeisterung und des Martyrtums, die Heilandstadt, die für die weltliche Erlösung der Menschheit schon so viel gelitten!

Ludwig Börne:
Briefe aus Paris

(1833)

Zwölfter Brief. Paris, den 3. November 1830
Was sagt man denn in Frankfurt von der Pest (Cholera morbus), die jetzt in Moskau herrscht? Die Krankheit hat sich von Asien dorthin gezogen. Es ist eine Geschichte gar nicht zum Lachen. In der gestrigen Zeitung steht, der englische Gesandte in Petersburg habe seiner Regierung berichtet, diese fürchterliche Krankheit werde sich wahrscheinlich auch über Deutschland und weiter verbreiten. Das ist wieder Gottes nackte Hand! Die Fürsten werden gehindert sein, große Heere zusammenzuziehen, und tun sie es doch ... Es ahndet mir - nein ich weiß es, die Pest wird vermögen, was nichts bis jetzt vermochte: sie wird das trägste und furchtsamste Volk der Erde antreiben und ermutigen. Pest und Freiheit! Nie hat eine häßlichere Mutter eine schönere Tochter gehabt. Was kann der kommende Frühling nicht noch für Jammer über die Welt bringen! Tränen werden nicht ausreichen; man wird vor lauter Not lachen müssen. Und das alles um des monarchischen Prinzips, und das alles um eines Dutzends armseliger Menschen willen! Es ist gar zu komisch.

Achtzehnter Brief. Paris, Dienstag, den 14. Dezember 1830
Diese Cholera Morbus ist eine prächtige Erfindung. Das ist etwas, was auch die Deutschen in Bewegung setzen könnte. Möchte es nur bei uns friedlich abgehen; denn eine Revolution der Deutschen wäre selbst mir ein Schrecken. Diese Menschen wissen noch gar nicht, was sie wollen, und das ist das Gefährlichste. Sie wären imstande und metzelten sich um einen Punkt über das I. Vielleicht geht es besser, als ich erwarte: vielleicht wenn der Sturm heftiger wird, werfen sie freiwillig von ihren schweren Dummheiten über Bord. An unsern Fürsten liegt es nicht allein; die Aristokratie, die Beamten.

Sechsundzwanzigster Brief. Paris, Mittwoch, den 19. Januar
Also X hat sich gescheut, nach Pest zu gehen, und schon in
Ungarn fürchtet man die Cholera morbus? In Galizien, drei
Tagereisen von Wien, und in Russisch-Polen ist sie nach bestimmten Nachrichten auch schon ausgebrochen. Mir macht
das sehr bange. Nicht wegen der sinnlichen Schrecken, welche
die Pest begleiten - das ist ein Schrecken, der sich selbst ver-
zehrt, das ist zu furchtbar, um sich lange davor zu fürchten -
aber die verderblichen Folgen! Die Lähmung des Geistes, welche im Volke nach jeder Pest zurückbleibt! Das kann alten
Frost zurückführen, und die Freiheit, die noch auf dem Felde
steht, zugrunde richten. In solchen Zeiten der Bedrängnis
braucht man Gott und ruft ihn an, und da kommen gleich die
Fürsten und melden sich als dessen Stellvertreter. Was kein
Kaiser von Rußland, kein Teufel verhindern könnte, das kann
die Pest verhindern. Dann kommen die Pfaffen und verkündi-
gen Gottes Strafgericht. Dann lassen die Regierungen fort und
fort im ganzen Lande räuchern, um Nebel zu machen überall.
Strenge Gesetze sind dann nötig und heilsam. Die Pest geht
vorüber, die Strenge bleibt. Bis das erschrockene Volk wieder
zur Besinnung kommt, sind die alten Fesseln neu genietet, die
Krankenstube bleibt nach der Genesung das Gefängnis, und
zwanzig Jahre Freiheit gehen darüber verloren. Hessische Kon-
stitution, Schimmel, Kosaken, Bundesversammlung, Zensur,
was Gott will, nur keine Cholera morbus.

Fünfzigster Brief. Paris, Dienstag, den 27. September 1831
In Wien soll die Cholera schrecklich wüten, auch unter den
höhern Ständen. Sie ist dort ganz jakobinisch und ruft: A bas
les aristocrates! Das hat man von keinem anderen Orte gehört,
und an dieser Bösartigkeit mag wohl die bekannte Schlemme-
rei der Wiener schuld sein. Zwar wird sie die Furcht mäßig
gemacht haben; aber die Mäßigkeit eines Wiener Magenmen-
schen ist immer noch eine halbe Indigestion. Auch gestehen sie

dort selbst, daß ihre Krankenanstalten noch nicht vollendet gewesen, als sie von der Cholera überrascht worden. Ich aber bin überzeugt, daß die verdammte Scheu der östreichischen Regierung vor jeder Öffentlichkeit die Cholera in Wien verheerender gemacht hat als sonst überall. Der »Östreichische Beobachter«, den ich erst gestern gelesen, erzählt kein Wort von der Cholera. Der Tod, wie das Leben, ist dort ein Staatsgeheimnis.

Einundfünfzigster Brief. Samstag, den 8. Oktober 1831
Ein Aufsatz über die Cholera, den die »Allgemeine Zeitung« in den letzten Tagen enthielt, hat mich von meiner Unwissenheit in den Naturwissenschaften recht betrübt überzeugt. Der Verfasser hat ganz meine Ansicht, daß die epidemischen Krankheiten der Menschen mit den Krankheiten der Erde zusammenhingen. Nur spricht er von feuerspeienden Bergen, von Erdbeben, Elektrizität, ungewöhnlicher Abweichung der Magnetnadel und anderen Dingen, die ich wenig verstehe, und was Sie mir in Ihrem nächsten Briefe, wie ich hoffe, alle erklären werden. Der Verfasser kommt zu dem Resultate, daß die Cholera höchstens in sehr gelinder Art, vielleicht aber gar nicht weiter nach dem westlichen Europa vordringen würde. Er meint, die unterdessen stattgehabten Erdbeben und Ausbrüche der Vulkane, sowie die Entstehung neuer vulkanischer Inseln bei Sizilien hätten diesen Teil der kranken Erde geheilt. Wir werden sehen. Ich möchte den Vorschlag machen, Kamillen- und Pfefferminztee, statt ihn den Menschen einzugehen, lieber der Erde selbst einzugießen, indem man große Löcher hineingräbt; und um die ganze Erde in der Gegend des Äquators eine Flanellbinde zu legen, sie vor Erkältung zu schützen. Dann würde die Cholera aufhören. Was sagen Sie dazu?

Dreiundfünfzigster Brief. Mittwoch, den 19. Oktober 1831
Der König von Bayern, den man neulich fragte, welche Anstalten man für ihn und sein Haus gegen die Cholera treffen

solle, hat darauf zur Antwort gegeben: »Gar keine. Bin ich nicht an den Ständen gestorben, wird mich auch die Cholera verschonen.« Also Freiheit und Pest sind einem Könige ganz einerlei! Auch der Freiheit Pest und König.

Fünfundfünfzigster Brief. Mittwoch, den 2. November 1831
In Deutschland sorgt man auf eine edlere Weise für das Vergnügen des Publikums. In Berlin ist erschienen (durch die Cholera veranlaßt): »Begräbnisbüchlein zum Gebrauche bei Beerdigungen in den Städten und auf dem Lande. Nebst einem Anhange von Grabschriften.« Schönes Stammbuch!

Siebenundfünfzigster Brief. Freitag, 11. November 1831
Die Cholera ist jetzt wirklich in England und wird dort, wenn sie sich einmal verbreitet, verheerender werden als in jedem andern Lande, weil England, Gott sei Dank, eine schlechte Polizei hat. Hat die Nachricht auf der Frankfurter Börse keinen Eindruck gemacht? Der Dr. X hier will ein sicheres Mittel gegen die Cholera gefunden haben: man soll jeden Morgen Tisane von Sauerampfer trinken. Das ist ein saures Frühstück. Y hat sich gegen die Cholera tausend Stück Blutigel ins Haus genommen.

Neunundfünfzigster Brief. Freitag, den 25. November 1831
Aber, mein lieber Eduard, wer soll denn jene gerechte Vergeltung an den Fürsten vollziehen? Selten schickt Gott ein himmlisches Strafgericht herab, die Verwaltung seiner Stellvertreter zu untersuchen, und sooft es noch geschah, wurde nichts dadurch gebessert. Die himmlischen Kommissäre waren auf der Erde fremd, gingen irre oder ließen sich wohl gar bestechen. Das haben wir ja kürzlich erst an der Cholera Morbus gesehen, die, statt die Unterdrücker, die Unterdrückten züchtigte. Nur dem hilft Gott, der sich selbst hilft.

Dreiundsiebzigster Brief. Donnerstag, den 2. Februar 1832

Jetzt noch zwei chinesische Anekdoten zum Einschlafen; denn ich will zu Bette gehen. Der Kaiser von Rußland ließ dem Kaiser von China sagen, er möchte doch an der Grenze seines Reichs einen Cordon gegen die Cholera ziehen lassen. Darauf ließ der Kaiser von China erwidern: er werde das bleiben lassen; denn er habe gehört, daß die Krankheit nur Müßiggänger, Trunkenbolde und unreinliche Menschen befalle, und es wäre ihm ganz lieb, wenn er fünf Millionen solcher Untertanen verlöre. Auch an einer andern Grenze des chinesischen Reichs wollte der Regierungsbeamte von Maßregeln gegen das Eindringen der Cholera nichts hören, weil er sie als fruchtlos und den Müßiggang begünstigend ansah. Um seine Meinung zu unterstützen, erzählte er folgende Anekdote:

»Im Jahre 1070 brach in Peking eine sonderbare Krankheit aus, deren Wirkung sich an den Haaren derjenigen zeigte, die in freier Luft lebten. In kurzer Zeit verlor der Kranke die Hälfte seiner Haare, und darauf starb er. Als der damalige Kaiser Tschang-Lung dieses erfuhr, sagte er mit bestimmten Worten, er wolle von dieser Krankheit nichts hören. Dieser höchste Wille, mit Festigkeit ausgedrückt, machte die Seuche verschwinden.« Gute Nacht.

Paris, Montag, den 12. November
Die in Kassel begreife ich nicht. Die Cholera ist dort, und, wie ich gelesen, haben sie große Furcht davor. Wenn man aber die Cholera fürchtet, wie kann man zugleich Gefängnis und Geldstrafen fürchten? Aber der Deutsche hat ein großes Herz!

Paris, Mittwoch, den 19. Dezember
Die in Frankreich sich aufhaltenden Spanier, die nach erhaltener Bewilligung jetzt zurückkehren, müssen an der Grenze, angeblich wegen der Cholera, dreißig Tage Quarantäne halten. Nun kann das Lazarett nur sechzig Personen fassen, und man hat berechnet, daß es drei Jahre dauern werde, bis alle Spanier in ihr Vaterland kommen. Drei Jahre!

Jodocus Deodatus Hubertus:
Die Cholera
(Die Volkssagen von Pommern und Rügen 1840)

Es gibt noch jetzt in Pommern manche Leute, die fest glauben, die Cholera sei im Jahre 1831 absichtlich ins Land gebracht, und zwar soll der Franzose das getan haben, damit das Land entvölkert werde, und er es wieder gewinnen könne. Um sein Vorhaben auszurichten, soll der Franzose auf allerlei Wegen und unter allerlei Gestalten sich herbeigestohlen haben. So erzählt man sich auch namentlich von Stettin Folgendes: Eines Tages kam durch das Berliner Thor ein Mann in die Stadt hinein, der eine große Kiste auf dem Rücken trug. Der Mann sah sich ängstlich nach allen Seiten um, und suchte unbemerkt an der Schildwache vorbeizukommen. Die Schildwache bemerkte ihn aber, und er wurde festgehalten und in die Wache gebracht. Dort wurde ihm befohlen, seine Kiste zu öffnen; er weigerte sich dessen zwar Anfangs, mußte aber doch zuletzt Folge leisten. Da fand man in der großen Kiste eine andere kleinere; in dieser fand man wieder eine, und das ging eine ganze Zeitlang so fort, so daß man immer auf eine kleinere Kiste kam. Als man aber endlich die kleinste öffnete, da fand man darin ein ganz kleines, kleines Männchen, das war der Franzose, der die Cholera in die Stadt bringen wollte.

114

Pest und Pocken

Hermann von Lingg:
Der schwarze Tod

(Gedichte 1854)

Erzittre Welt, ich bin die Pest,
ich komm' in alle Lande
und richte mir ein großes Fest,
mein Blick ist Fieber, feuerfest
und schwarz ist mein Gewande.

Ich komme vom Ägyptenland
in roten Nebelschleiern,
am Nilusstrand im gelben Sand
entsog ich Gift dem Wüstenbrand
und Gift aus Dracheneiern.

Talein und aus, bergauf und ab,
ich mäh' zur öden Heide
die Welt mit meinem Wanderstab,
ich setz' vor jedes Haus ein Grab
und eine Trauerweide.

Ich bin der große Völkertod,
ich bin das große Sterben,
Es geht vor mir die Wassernot,
ich bringe mit das teure Brot,
den Krieg tu' ich beerben.

Es hilft euch nichts, wie weit ihr floh't,
ich bin ein schneller Schreiter,
ich bin der schnelle schwarze Tod,
ich überhol' das schnellste Boot
und auch den schnellsten Reiter.

Dem Kaufmann trägt man mich ins Haus
zugleich mit seiner Ware;
er freut sich hoch, er lacht beim Schmaus,
ich steig' aus seinem Schatz heraus
und streck' ihn auf die Bahre.

Mir ist auf hohem Felsvorsprung
kein Schloß zu hoch, ich komme;
mir ist kein junges Blut zu jung,
kein Leib ist mir gesund genung,
mir ist kein Herz zu fromme.

Wem ich nur schau' ins Aug' hinein,
der mag kein Licht mehr sehen;
wem ich gesegnet Brot und Wein,
den hungert nur nach Staub allein,
den durstet's, heimzugehen.

Im Osten starb der große Chan,
auf Indiens Zimmetinseln
starb Negerfürst und Muselmann,
man hört auch nachts in Ispahan
beim Aas die Hunde winseln.

Byzanz war eine schöne Stadt,
und blühend lag Venedig;
nun liegt das Volk wie welkes Blatt,
und wer das Laub zu sammeln hat,
wird auch der Mühe ledig.

An Nordlands letztem Felsenriff
in einen kleinen Hafen
warf ich ein ausgestorbnes Schiff,
und alles, was mein Hauch ergriff,
das mußte schlafen, schlafen.

Sie liegen in der Stadt umher;
ob Tag' und Monde schwinden,
es zählt kein Mensch die Stunden mehr –
nach Jahren wird man öd' und leer
die Stadt der Toten finden.

Jens Peter Jacobsen:
Die Pest in Bergamo

(Sämtliche Werke 1912)

Da war Alt-Bergamo oben auf dem Gipfel eines niedrigen Berges, geborgen hinter Mauern und Toren, und da war das neue Bergamo unten am Fuße des Berges, allen Winden offen.

Eines Tages brach die Pest da unten in der neuen Stadt aus und griff fürchterlich um sich; es starben eine Menge Menschen, und die anderen flohen, fort über die Ebene, in alle vier Ecken der Welt. Und die Bürger in Alt-Bergamo zündeten die verlassene Stadt an, um die Luft zu reinigen, aber es half nichts, sie fingen auch an, oben bei ihnen zu sterben, zuerst einer täglich, dann fünf, dann zehn und dann ein paar Dutzend, und als es seinen Höhepunkt erreicht hatte, noch viel mehr.

Und die konnten nicht so fliehen, wie die in der neuen Stadt es getan hatten. Da waren ja einige, die es versuchten, aber sie mußten ein Leben wie das eines gehetzten Tieres führen, mit Verstecken in Gräben und Brückenkasten, unter Hecken und in den grünen Feldern; denn die Bauern, denen an mehr als einem Ort die Pest von den ersten Flüchtlingen auf die Gehöfte gebracht war, steinigten jede fremde Seele, die sie trafen, von ihrem Gebiet herunter oder schlugen sie ohne Gnade und Barmherzigkeit nieder wie tolle Hunde, in gerechter Notwehr, wie sie meinten.

Sie mußten bleiben, wo sie waren, die Leute aus Alt-Bergamo, und Tag für Tag ward das Wetter wärmer, und Tag für Tag ward die abscheuliche Ansteckung gieriger und gieriger in ihrem Griff. Das Entsetzen steigerte sich gleichsam zum Wahnsinn, und was da an Ordnung und rechtem Regiment gewesen war, das war, als habe die Erde es verschlungen und dafür das Schlimmste entsandt.

Gleich im Anfang, als die Pest ausbrach, hatten sich die Menschen in Einigkeit und Eintracht zusammengeschlossen, hatten achtgegeben, daß die Leichen ordentlich und gut begraben wurden, und hatten jeden Tag dafür gesorgt, daß große Scheiterhaufen auf Märkten und Plätzen angezündet wurden, damit der gesunde Rauch durch die Straßen treiben konnte. Wacholder und Essig waren an die Armen verteilt worden, und vor allen Dingen hatten die Leute früh und spät die Kirchen aufgesucht, einzeln und in Prozessionen, jeden Tag waren sie mit ihren Gebeten da drinnen vor Gott gewesen, und jeden Abend, wenn die Sonne zur Rüste ging, hatten die Glocken aller Kirchen aus ihren Hunderten von schwingenden Schlünden klagend zum Himmel emporgerufen. Und Fasten waren vorgeschrieben worden, und die Reliquien waren jeden Tag auf den Altären ausgestellt gewesen.

Endlich eines Tages, als sie nichts mehr anzufangen wußten, hatten sie vom Altan des Rathauses herab, unter dem Klang von Posaunen und Tuben, die Heilige Jungfrau zum Podesta oder Bürgermeister der Stadt ausgerufen, jetzt und ewiglich.

Aber das half alles nicht; es gab nichts, was half. Und als das Volk das begriff und allmählich fest wurde in dem Glauben, daß der Himmel entweder nicht helfen wollte oder nicht konnte, da legten sie nicht nur die Hände in den Schoß und sagten, daß alles so kommen müsse, wie es kommen sollte, nein, sondern es war, als sei die Sünde aus einer heimlichen, schleichenden Seuche zu einer boshaften und offenbaren, rasenden Pest geworden, die Hand in Hand mit der körperlichen Krankheit danach ausging, die Seele zu morden, so wie jene ihre Leiber vernichtete. So unglaublich waren ihre Taten, so ungeheuer ihre Verhärtung. Die Luft war voll von Lästerung und Gottlosigkeit, von dem Stöhnen der Straßen und dem

Heulen der Häuser, und die wildeste Nacht war nicht schwärzer von Unzucht, als ihre Tage es waren.

»Heute wollen wir prassen, denn morgen sind wir tot!« – Es war, als hätten sie das in Musik gesetzt, um es auf mannigfaltigen Instrumenten in einem unendlichen Höllenkonzert zu spielen. Ja, wären nicht alle Sünden schon vorher erfunden gewesen, so wären sie es hier geworden, denn es gab keinen Weg, den sie in ihrer Verwerflichkeit nicht eingeschlagen hätten. Die unnatürlichsten Laster blühten unter ihnen, und selbst so seltene Sünden wie Nekromantia, Zauberei und Teufelsbeschwörung waren ihnen wohlbekannt, denn da waren viele, die vermeinten, bei den Mächten der Hölle den Schutz zu finden, den der Himmel nicht hatte gewähren wollen.

Alles was Hilfsbereitschaft oder Mitleid hieß, war aus den Gemütern geschwunden, jeder hatte nur Gedanken für sich selbst. Der Kranke wurde als gemeinsamer Feind aller angesehen, und geschah es einem Unglücklichen, daß er auf der Straße umfiel, matt von dem ersten Fieberschwindel der Pest, so war da keine Tür, die sich ihm öffnete, sondern mit Lanzenstichen und Steinwürfen wurde er gezwungen, sich aus dem Wege der Gesunden fortzuschleppen.

Und Tag für Tag nahm die Pest zu, die Sommersonne brannte auf die Stadt herab, es fiel kein Regentropfen, es rührte sich kein Wind, und von den Leichen, die in den Häusern verwesten, und von den Leichen, die schlecht in die Erde vergraben waren, ward ein erstickender Gestank erzeugt, der sich mit der stillstehenden Luft der Straßen vermischte und die Raben und die Krähen in Schwärmen und in Wolken herbeilockte, so daß es auf Mauern und auf Dächern schwarz von ihnen war. Und ringsumher auf der Ringmauer der Stadt saßen vereinzelt wunderliche, große, fremdländische Vögel, von weit her, mit raublüsternen Schnäbeln und erwartungsvoll gekrümmten Fängen, und sie saßen da und sahen mit ihren ruhigen, gierigen Augen hinein, als warteten sie nur darauf, daß die unglückliche Stadt zu einer großen Aasgrube werden sollte.

Es waren elf Wochen, seitdem die Pest ausgebrochen war, als die Turmwächter und andere Leute, die sich an hochgelegenen Stellen aufhielten, einen seltsamen Zug sich von der Ebene durch die Straßen der neuen Stadt, zwischen den rauchgeschwärzten Steinmauern und den schwarzen Aschenhaufen der Holzschuppen hindurchschlängeln sahen. Eine Menge Menschen! wohl an die sechshundert oder mehr, Männer und Frauen, alte und junge, und sie hatten große, schwarze Kreuze zwischen sich und breite Banner, rot wie Feuer und Blut, über sich. Sie singen, während sie gehen, und eigentümliche, verzweiflungsvoll klagende Töne werden durch die stille, drückend warme Luft emporgetragen.

Braun, grau, schwarz sind ihre Gewänder, aber alle haben sie ein rotes Zeichen auf der Brust. Ein Kreuz ist es, als sie näher kommen. Denn sie kommen beständig näher. Sie pressen sich den steilen, mauerumfriedigten Weg hinan, der zu der alten Stadt führt. Es ist ein Gewimmel von ihren weißen Gesichtern, sie haben Geißeln in den Händen, auf ihre roten Fahnen ist ein Feuerregen gemalt. Und die schwarzen Kreuze schwanken in dem Gedränge bald nach der einen, bald nach der anderen Seite.

Ein Geruch steigt aus dem zusammengedrängten Haufen auf, nach Schweiß, nach Asche, nach Wegestaub und altem Weihrauch. Sie singen nicht mehr, sie sprechen auch nicht mehr, nur der gesamte, trippelnde, herdenartige Laut ihrer nackten Füße.

Antlitz auf Antlitz taucht hinein in das Dunkel der Turmpforte und kommt auf der andern Seite wieder ins Licht, mit lichtmüden Mienen und halbwegs geschlossenen Lidern.

Dann beginnt der Gesang wieder: ein Miserere, und sie umklammern die Geißel und schreiten stärker aus wie bei einem Kriegsgesang.

Als kämen sie aus einer ausgehungerten Stadt, so sehen sie aus, ihre Wangen sind hohl, die Backenknochen stehen vor, es ist kein Blut in ihren Lippen, und sie haben schwarze Ringe unter den Augen.

Die aus Bergamo sind zusammengeströmt und sehen sie mit Verwunderung und Unruhe an. Rote, versoffene Gesichter stehen tiefen, bleichen gegenüber; schlaffe, unzuchtmatte Blicke senken sich vor diesen scharfen, flammenden Augen, greinende Spötter stehen mit offenem Munde diesen Hymnen gegenüber.

Und es klebt Blut an allen ihren Geißeln!

Den Leuten ward ganz wunderlich zumute beim Anblick dieser Fremden.

Aber es währte nicht lange, bis man den Eindruck abgeschüttelt hatte. Da waren einige, die einen halbverrückten Schuhmacher aus Brescia unter den Kreuzträgern wiedererkannt hatten, und sofort war die ganze Schar durch ihn zum Gelächter geworden. Indessen war es doch etwas Neues, eine Zerstreuung in dem Alltäglichen, und als die Fremden dahinmarschierten, der Domkirche zu, da ging man hinterdrein, wie man hinter einer Gauklerbande oder einem zahmen Bären dreingegangen wäre.

Aber während man so ging und sich drängte, wurde man erbittert, man fühlte sich so nüchtern gegenüber der Feierlichkeit dieser Menschen, und man begriff ja sehr wohl, daß diese Schuhmacher und Schneider hierhergekommen waren, um einen zu bekehren, für einen zu beten und die Worte zu reden, die man nicht hören wollte. Und da waren zwei magere, grauhaarige Philosophen, die die Gottlosigkeit in ein System gebracht hatten, die reizten die Menge und hetzten sie so recht aus ihrer Herzen Bosheit auf, so daß mit jedem Schritt, den sie sich der Kirche näherten, die Haltung der Menge drohender, ihre Zornesausdrücke wilder wurden, und es fehlte nicht viel, so hätten sie gewaltsam Hand an diese fremden Geißelschneider gelegt. Aber da öffnete, kaum hundert Schritt von dem Kirchenportal, ein Wirtshaus seine Türen, und eine ganze Schar von Zechbrüdern stürzte heraus, der eine auf dem Rücken des andern, und sie stellten sich an die Spitze der Prozession und führten sie singend und brüllend an mit den lächerlichst andächtigen Gebärden, ausgenommen einer von ihnen, der die grasbewachsenen Stufen der Kirchentreppe bis oben hinauf Rad schlug. Dann lachte man ja, und alle kamen friedlich in das Heiligtum hinein.

Es war wunderlich, wieder da zu sein, durch diesen großen, kühlen Raum dahinzuschreiten, in dieser Luft, die so scharf war von dem alten Qualm von Wachslichtschnuppen, über diese eingesunkenen Fliesen, die der Fuß so gut kannte, und über diese Steine, mit deren verschlissenen Ornamenten und blanken Inschriften der Gedanke sich oft abgemüht hatte. Und während sich nun das Auge halb neugierig, halb mißmutig in dem weichen Halblicht unter den Wölbungen zur Ruhe verlocken ließ oder hinglitt über die gedämpfte Buntheit von bestaubtem Gold und eingeräucherten Farben oder sich in die wunderlichen Schatten der Altarwinkel vertiefte, da stieg eine Art Sehnsucht auf, die nicht niederzuhalten war.

Währenddes trieben die aus dem Wirtshaus ihr Unwesen oben am Hauptaltar selber, und ein großer und kräftiger Metzger unter ihnen, ein junger Mann, hatte seine weiße Schürze abgenommen und sie sich um den Hals gebunden, so daß sie wie ein Mantel an seinem Rücken herabhing, und so hielt er da oben Messe ab mit den wildesten, wahnwitzigsten Worten voll Unzucht und Lästerung; und ein ältlicher, kleiner Dicksack, behände und flink trotz seiner Beleibtheit, mit einem Gesicht wie ein abgezogener Kürbis, der war Meßner und respondierte mit allen den liederlichsten Liedern, die im Lande gangbar waren, und er kniete, und er knixte und kehrte dem Altar das Hinterteil zu und läutete mit der Glocke, wie mit einer Narrenschelle, und schlug mit dem Räucherfaß ein Rad um sich; und die anderen Betrunkenen lagen, so lang sie waren, auf den Altarstufen, brüllend vor Lachen und hicksend vor Trunkenheit.

Und die ganze Kirche lachte und juchheite und spottete über die Fremden und rief ihnen zu, gut achtzugeben, damit sie klug daraus werden könnten, wofür man ihren Herrgott hier in Alt-Bergamo halte. Denn es war ja nicht so sehr, weil man Gott etwas anhaben wollte, daß man über die tollen Streiche lachte, sondern weil man sich darüber freute, welch ein Stachel im Herzen diesen Heiligen jede Gotteslästerung sein mußte.

Mitten im Schiff hielten sich die Heiligen, und sie stöhnten vor Qual, ihre Herzen kochten in ihnen vor Haß und Rachedurst, und sie flehten mit Augen und Händen empor zu Gott, daß er sich doch für all den Hohn, der ihm hier in seinem eigenen Hause erwiesen wurde, rächen wolle, sie wollten so gern zusammen mit diesen Vermessenen zugrunde gehen, wenn er nur seine Macht zeigen wolle; mit Wollust wollten sie sich von seiner Ferse zertreten lassen, wenn er nur triumphieren wolle, und daß Entsetzen und Verzweiflung und Reue, die zu spät kam, aus allen diesen gottlosen Mündern herausschreien möchten.

Und sie stimmten ein Miserere an, das in jedem Ton klang wie ein Schrei nach dem Feuerregen, der auf Sodom herabfiel, nach jener Macht, die Simson besaß, als er die Säulen im Hause der Philister umfaßte. Sie flehten mit Singen und mit Worten, sie entblößten die Schultern und flehten mit ihren Geißeln. Da lagen sie knieend, Reihe an Reihe, bis an die Hüften entblößt, und schwangen die gestachelten Strickknoten über ihren blutrünstigen Rücken. Wild und rasend hieben sie drein, so daß das Blut in Tropfen von den pfeifenden Geißeln fiel. Jeder Schlag war ein Opfer für Gott. Daß sie doch anders schlagen, daß sie sich doch in tausend blutige Stücke zerreißen könnten, hier vor seinen Augen! Dieser Leib, mit dem sie gegen seine Gebote gesündigt hatten, der sollte gestraft, gemartert, zunichte gemacht werden, damit er sehen könne, wie sie es haßten, damit er sehen könne, wie sie zu Hunden wurden, um ihm zu gefallen, geringer als Hunde unter seinem Willen, das niedrigste Gewürm, das den Staub unter seiner Fußsohle fraß! Und Schlag auf Schlag, bis die Arme niederfielen oder der Krampf sie in Knoten zusammenknüpfte. Da lagen sie, Reihe an Reihe mit wahnsinnfunkelnden Augen, mit Schaumwolken vor den Mündern, das Blut an ihrem Fleische herabrieselnd.

Und sie, die dies ansahen, fühlten auf einmal ihre Herzen klopfen, merkten die Wärme in ihre Wangen steigen und hatten Mühe zu atmen. Es war, als ob etwas Kaltes sich unter ihrer Kopfhaut strammte, und ihre Kniee wurden so schwach. Denn dies packte sie; da war ein kleiner Wahnsinnspunkt in ihren Gehirnen, der diesen Wahnsinn verstand.

Dieses, sich als Sklave der mächtigen, harten Gottheit zu fühlen, sich selbst bis vor ihre Füße zu stoßen, ihr eigen zu sein, nicht in stiller Frömmigkeit, nicht in der Tatenlosigkeit sanfter Gebete, sondern es rasend zu sein, in einem Rausch der Selbsterniedrigung, in Blut und Geheul und unter feuchtblitzenden Geißelzungen, das zu verstehen waren sie aufgelegt, selbst der Metzger ward stille, und die zahnlosen Philosophen duckten ihre grauen Köpfe vor den Augen, die sie um sich her sahen.

Und es wurde ganz still da drinnen in der Kirche, nur ein leises Wogen ging durch die Menge.

Da erhob sich einer unter den Fremden, ein junger Mönch, und sprach. Er war bleich wie ein Leintuch, seine schwarzen Augen glühten wie Kohlen, die im Begriff sind zu erlöschen, und die düsteren, schmerzerhärteten Züge um seinen Mund waren, als seien sie mit einem Messer in Holz geschnitten und nicht die Falten in dem Gesicht eines Menschen.

Er streckte die dünnen, abgezehrten Hände im Gebet gen Himmel empor, und die schwarzen Kuttenärmel glitten um seine weißen, mageren Arme herab.

Dann sprach er.

Von der Hölle sprach er, davon, daß sie unendlich sei, wie der Himmel unendlich ist, von der einsamen Welt der Qual, die ein jeder der Verdammten zu durchleiden und mit seinen Schreien anzufüllen hat, Seen aus Schwefel seien dort, Felder aus Skorpionen, Flammen, die sich um ihn legten, wie sich ein Mantel legt, und stille, verhärtete Flammen, die sich in ihn hineinbohrten wie das Blatt eines Spießes, das in einer Wunde herumgedreht wird.

Es war ganz still, atemlos lauschten sie auf seine Worte, denn er sprach, als habe er das mit seinen eigenen Augen gesehen, und sie fragten sich selbst, ist dieser nicht einer der Verdammten, der aus dem Rachen der Hölle zu uns heraufgesandt ist, um für uns zu zeugen?

Dann predigte er lange von dem Gesetz und von der Strenge des Gesetzes, davon, daß jedes Titelchen darin erfüllt werden müsse und daß jede Übertretung, deren sie sich schuldig gemacht hatten, ihnen auf Lot und Unze angerechnet werden solle. »›Aber Christus ist für unsere Sünden gestorben,‹ saget ihr, ›wir stehen nicht mehr unter dem Gesetz.‹ Ich aber sage euch, daß die Hölle nicht um einen einzigen von euch betrogen werden wird, und nicht einer von den eisernen Zähnen an dem Marterrad der Hölle wird um euer Fleisch herumgehen. Ihr pochet auf Golgathas Kreuz, kommt, kommt! kommt, um es anzusehen! ich will euch bis an seinen Fuß führen. Es war an einem Freitag, wie ihr wisset, daß sie ihn durch eines ihrer Tore hinausstießen und das schwerste Ende eines Kreuzes auf seine Schultern legten und es ihn bis an einen unfruchtbaren und kahlen Lehmhügel außerhalb der Stadt tragen ließen, und sie liefen in Haufen mit und rührten den Staub auf mit ihren vielen Füßen, so daß es wie eine rote Wolke über der Stätte lag. Und sie rissen ihm seine Kleider ab und entblößten seinen Leib, so wie die Herren des Gesetzes einen Missetäter vor aller Blicken entblößen lassen, auf daß alle das Fleisch sehen können, das der Folter überantwortet werden soll, und sie warfen ihn auf das Kreuz nieder, so daß er lag, und streckten ihn darauf hin und schlugen einen Nagel aus Eisen durch jede seiner widerstrebenden Hände und einen Nagel durch seine gekreuzten Füße, mit Keulen schlugen sie die Nägel ein, dicht bis an den Kopf. Und sie richteten das Kreuz in einem Loch in der Erde auf, aber es wollte nicht fest und gerade stehen, und sie rückten es hin und her und trieben Keile und Pflöcke rundherum ein, und die, so das taten, zogen ihre Hüte ins Gesicht hinein, auf daß nicht das Blut seiner Hände ihnen in die Augen tropfen sollte. Und er dort oben sah auf die Soldaten herab, die um seinen ungenähten Rock spielten, und auf diese ganze heulende Menge, für die er litt, auf daß sie erlöset werden könne, und es war nicht ein mitleidiges Auge in der ganzen Menge. Und die da unten sahen wieder zu ihm auf, der leidend und schwach dort hing, sie sahen auf zu dem Brett über seinem Haupte, auf dem geschrieben stand ›Der Juden König‹, und sie verspotteten ihn und riefen zu ihm hinauf: ›Du, der du den Tempel niederreißest und ihn in drei Tagen wieder aufbauest, hilf dir nun selber; bist du Gottes Sohn, so steig herab von diesem Kreuz!‹ Da ward Gottes eingeborener Sohn in seinem Sinn erzürnt und sah, daß sie nicht der Erlösung wert waren, die Mengen, die die Erde anfüllen, und er riß seine Füße über dem Kopf des Nagels aus, und er ballte seine Hände um die Nägel in den Händen und zog sie heraus, so daß sich die Arme des Kreuzes wie ein Bogen spannten, und er sprang auf die Erde herab und riß sein Gewand an sich, so daß die Würfel über den Abhang von Golgatha herabrollten, und er warf es um sich mit dem Zorn eines Königs und fuhr zum Himmel auf. Und das Kreuz blieb leer stehen, und das große Werk der Versöhnung ward niemals vollbracht. Es gibt keinen Mittler zwischen Gott und uns; es ist kein Jesus für uns am Kreuz gestorben, es ist kein Jesus für uns am Kreuz gestorben, es ist kein Jesus für uns am Kreuz gestorben!«

Er schwieg.

Bei den letzten Worten hatte er sich über die Menge vorgebeugt und sowohl mit Lippen als auch mit Händen gleichsam seinen Ausspruch über ihre Häupter herabgeschleudert, und es war ein Stöhnen von Angst durch die Kirche gegangen, und in den Winkeln hatten sie angefangen zu schluchzen.

Da drängte sich der Metzger vor mit erhobenen, drohenden Händen, bleich wie eine Leiche, und er rief: »Mönch, Mönch, willst du ihn wohl wieder ans Kreuz nageln, willst du wohl?«

Und hinter ihm klang es fauchend heiser: »Ja, ja, kreuzige, kreuzige ihn!« Und aus allen Mündern wieder, drohend, stehend, dröhnte es in einem Sturm von Rufen zu den Wölbungen empor: »Kreuzige, kreuzige ihn!«

Und klar und hell eine einzelne lebende Stimme: »Kreuzige ihn!«

Aber der Mönch blickte nieder auf dies Gewimmel von emporgestreckten Händen, auf diese verzerrten Gesichter, mit den dunklen Öffnungen der rufenden Münder, wo die Zahnreihen weiß leuchteten wie die Zähne von gereizten Raubtieren, und in einem Augenblick der Ekstase breitete er die Arme gen Himmel empor und lachte. Dann stieg er hinab, und seine Leute erhoben ihre Feuerregenbanner und ihre leeren, schwarzen Kreuze und drängten aus der Kirche hinaus, und wieder zogen sie singend über den Marktplatz dahin und wieder durch den Schlund der Turmpforte.

Und die aus Alt-Bergamo starrten ihnen nach, während sie den Berg hinabgingen. Der steile, mauerumfriedigte Weg war nebelig von dem Licht der Sonne, die da draußen über der Ebene herabsank, und sie waren jetzt nur noch halb zu sehen vor all dem Licht, aber auf der roten Ringmauer der Stadt zeichneten sich schwarz und scharf die Schatten ihrer großen Kreuze ab, die in dem Gedränge bald nach der einen, bald nach der anderen Seite schwankten.

Ferner ward der Gesang; rot leuchteten noch ein oder zwei Banner aus dem brandschwarzen Platz, auf dem die neue Stadt gestanden hatte, auf, dann verschwanden sie in der lichten Ebene.

Edgar Allan Poe:
Die Maske des roten Todes

(Gesamtausgabe 1922)

Lange schon wütete der rote Tod im Lande; nie war eine Pest verheerender, nie eine Krankheit gräßlicher gewesen. Blut war der Anfang, Blut das Ende – überall das Rote und der Schrecken des Blutes. Mit stechenden Schmerzen und Schwindelanfällen setzte es ein, dann quoll Blut aus allen Poren, und das war der Beginn der Auflösung. Die scharlachroten Tupfen am ganzen Körper der unglücklichen Opfer – und besonders im Gesicht – waren des roten Todes Bannsiegel, das die Gezeichneten von der Hilfe und der Teilnahme ihrer Mitmenschen ausschloß; und alles, vom ersten Anfall bis zum tödlichen Ende, war das Werk einer halben Stunde.

Prinz Prospero aber war fröhlich und unerschrocken und weise. Als sein Land schon zur Hälfte entvölkert war, erwählte er sich unter den Rittern und Damen des Hofes eine Gesellschaft von tausend heiteren und leichtlebigen Kameraden und zog sich mit ihnen in die stille Abgeschiedenheit einer befestigten Abtei zurück. Das war ein ausgedehnter prächtiger Bau, eine Schöpfung nach des Prinzen eigenem exzentrischen, aber vornehmen Geschmack. Eine hohe mächtige Mauer, die eiserne Tore hatte, umschloß das Ganze.

Nachdem die Höflingsschar dort eingezogen war, brachten die Ritter Schmelzöfen und schwere Hämmer herbei und schmiedeten die Riegel der Tore fest. Es sollte weder für die draußen wütende Verzweiflung noch für ein etwaiges törichtes Verlangen der Eingeschlossenen eine Türe offen sein. Da die Abtei mit Proviant reichlich versehen war und alle erdenklichen Vorsichtsmaßregeln getroffen worden waren, glaubte die Gesellschaft der Pestgefahr Trotz bieten zu können. Die Welt da draußen mochte für sich selbst sorgen! Jedenfalls schien es unsinnig, sich vorläufig bangen Gedanken hinzugeben. Auch hatte der Prinz für allerlei Zerstreuung Sorge getragen. Da waren Gaukler und Komödianten, Musikanten und Tänzer – da war Schönheit und Wein. All dies und dazu das Gefühl der Sicherheit war drinnen in der Burg – draußen war der rote Tod.

Im fünften oder sechsten Monat der fröhlichen Zurückgezogenheit versammelte Prinz Prospero – während draußen die Pest noch mit ungebrochener Gewalt raste – seine tausend Freunde auf einem Maskenball von unerhörter Pracht. Reichtum und zügellose Lust herrschten auf dem Feste. Doch will ich zunächst die Räumlichkeiten schildern, in denen das Fest abgehalten wurde. Es waren sieben wahrhaft königliche Gemächer. Im allgemeinen bilden in den Palästen solche Festräume – da die Flügeltüren nach beiden Seiten bis an die Wand zurückgeschoben werden können – eine lange Zimmerflucht, die einen weiten Durchblick gewährt. Hier war dies jedoch nicht der Fall. Des Prinzen Vorliebe für alles Absonderliche hatte die Gemächer vielmehr so aneinandergegliedert, daß man von jedem Punkte immer nur einen Saal zu überschauen vermochte.

Nach Durchquerung des einzelnen Raumes gelangte man an eine Biegung, und jede dieser Wendungen brachte ein neues Bild. In der Mitte jeder Seitenwand befand sich ein hohes, schmales gotisches Fenster, hinter dem eine enge Galerie den Windungen der Zimmerreihe folgte. Die Fenster bestanden aus Glasmosaik, dessen Tönung immer mit der vorherrschenden Farbe des Raumes übereinstimmte. Das am Ostende gelegene Zimmer zum Beispiel war in Blau gehalten, und so waren auch seine Fenster leuchtend blau. Das folgende Gemach war in Wandbekleidung und Ausstattung purpurn, und auch seine Fenster waren purpurn. Das dritte war ganz in Grün und hatte dementsprechend grüne Fensterscheiben. Das vierte war orangefarben eingerichtet und hatte orangefarbene Beleuchtung. Das fünfte war weiß, das sechste violett. Die Wände des siebenten Zimmers aber waren dicht mit schwarzem Samt bezogen, der sich auch über die Deckenwölbung spannte und in schweren Falten auf einen Teppich von gleichem Stoffe niederfiel. Und nur in diesem Raume glich die Farbe der Fenster nicht derjenigen der Dekoration: hier waren die Scheiben scharlach-rot – wie Blut.

Nun waren sämtliche Gemächer zwar reich an goldenen Ziergegenständen, die an den Wänden entlang standen oder von der Decke herabhingen, kein einziges aber besaß einen Kandelaber oder Kronleuchter. In der ganzen Zimmerreihe gab es weder Lampen- noch Kerzenlicht. Statt dessen war au-ßen in den Zimmern entlanglaufenden Galerien vor jedem Fenster ein schwerer Dreifuß aufgestellt, der ein kupfernes Feuerbecken trug, dessen Flamme ihren Schein durch das far-bige Fenster hereinwarf und so den Raum schimmernd erhell-te. Dadurch wurden die phantastischsten Wirkungen erzielt. In dem westlichsten oder schwarzen Gemach aber war der Glanz der Flammenglut, der durch die blutigroten Scheiben in die schwarzen Sammetfalten fiel, so gespenstisch und gab den Ge-sichtern der hier Eintretenden ein derart erschreckendes Aus-sehen, daß nur wenige aus der Gesellschaft kühn genug waren, den Fuß über die Schwelle zu setzen.

In diesem Gemach befand sich an der westlichen Wand auch eine hohe Standuhr in einem riesenhaften Ebenholzkas-ten. Ihr Pendel schwang mit dumpfem, wuchtigen, eintönigen Schlag hin und her; und wenn der Minutenzeiger seinen Kreis-lauf beendet hatte und die Stunde schlug, so kam aus den ehernen Lungen der Uhr ein voller, tiefer, sonorer Ton. Dieser Klang war so sonderbar ernst und so feierlich, daß bei jedem Stundenschlag die Musikanten des Orchesters, von einer uner-klärlichen Gewalt gezwungen, ihr Spiel unterbrachen, um dem Ton zu lauschen. So mußte der Tanz plötzlich aussetzen, und eine kurze Missstimmung überkam die heitere Gesellschaft. So lange die Schläge der Uhr ertönten, sah man selbst die Fröh-lichsten erbleichen, und die Älteren und Besonneneren stri-chen mit der Hand über die Stirn, als wollten sie wirre Traum-bilder oder unliebsame Gedanken verscheuchen. Kaum aber war der letzte Nachhall verklungen, so durchlief ein lustiges Lachen die Versammlung. Die Musikanten blickten einander an und schämten sich lächelnd ihrer Empfindsamkeit und Torheit, und flüsternd vereinbarten sie, daß der nächste Stundenschlag sie nicht wieder derart aus der Fassung bringen solle. Allein wenn nach wiederum sechzig Minuten, dreitausendsechshundert Sekunden der flüchtigen Zeit, die Uhr von neuem schlug, trat dasselbe allgemeine Unbehagen ein, das gleiche Bangen und Sinnen wie vordem. Doch wenn man hiervon absah, war es eine prächtige Lustbarkeit. Der Prinz besaß einen eigenartigen Geschmack. Er hatte ein feines Empfinden für Farbenwirkungen, alles Herkömmliche und Modische war ihm zuwider, er hatte seine eigenen, kühnen Ideen, und seine Phantasie liebte seltsame, glühende Bilder. Es gab Leute, die ihn für wahnsinnig hielten. Sein Gefolge aber wußte, daß er es nicht war. Doch man mußte ihn sehen und kennen, um dessen gewiß zu sein.

Die Einrichtung und Ausschmückung der sieben Gemächer waren eigens für dieses Fest fast ganz nach des Prinzen eigenen Angaben gemacht worden, und sein eigener, merkwürdiger Geschmack hatte auch den Charakter der Maskerade bestimmt. Gewiß, sie war grotesk genug. Da gab es viel Prunkendes und Glitzerndes, viel Phantastisches und Pikantes. Da gab es Masken mit seltsam verrenkten Gliedmaßen, die Arabesken vorstellen sollten, und andere, die man nur mit den Hirngespinsten eines Wahnsinnigen vergleichen konnte. Es gab viel Schönes und viel Üppiges, viel Übermütiges und viel Groteskes und auch manch Schauriges – aber nichts, was irgendwie widerwärtig gewirkt hätte. In der Tat, es schien, als wogten in den sieben Gemächern eine Unzahl von Träumen durcheinander. Und diese Träume wanden sich durch die Säle, von denen jeder sie mit seinem besonderen Licht umspielte, und die tollen Klänge des Orchesters schienen wie ein Echo ihres Schreitens.

Von Zeit zu Zeit aber riefen die Stunden der schwarzen Riesenuhr in dem Samtsaal, und eine kurze Weile herrschte eisiges Schweigen – nur die Stimme der Uhr erdröhnte. Die Träume erstarrten. Doch das Geläut verhallte – und ein leichtes halbunterdrücktes Lachen folgte seinem Verstummen. Die Musik rauschte wieder auf, die Träume belebten sich von neuem und wogten noch fröhlicher hin und her, farbig beglänzt durch das Strahlenlicht der Flammenbecken, das durch die vielen bunten Scheiben strömte. Aber in das westlichste der sieben Gemächer wagte sich jetzt niemand mehr hinein. Denn die Nacht war schon weit vorgeschritten, und greller noch floß das Licht durch die blutroten Scheiben und überflammte die Schwärze der düsteren Draperien. Wer den Fuß hier auf den dunklen Teppich setzte, dem dröhnte das dumpfe, schwere Atmen der nahen Riesenuhr warnender, schauerlicher ins Ohr als jenen, die sich in der Fröhlichkeit der entfernten Gemächer tummelten.

Diese anderen Räume waren überfüllt, und in ihnen schlug fieberheiß das Herz des Lebens. Und der Trubel rauschte lärmend weiter, bis endlich die Uhr die zwölf Schläge der Mitternacht erdröhnen ließ. Und die Musik verstummte, so wie früher, und der Tanz wurde jäh zerrissen, und wie vorher trat ein plötzlicher, unheimlicher Stillstand ein. Jetzt aber mußte der Schlag der Uhr zwölfmal ertönen, und daher kam es, daß den Nachdenklichen noch trübere Gedanken kamen und daß ihre Versonnenheit noch länger andauerte. Und daher kam es wohl auch, daß, bevor noch der letzte Nachhall des letzten Stundenschlages erstorben war, manch einer Zeit genug gefunden hatte, eine Maske zu bemerken, die bisher noch keinem aufgefallen war. Das Gerücht von dieser neuen Erscheinung sprach sich flüsternd herum, und es erhob sich in der ganzen Versammlung ein Summen und Murren des Unwillens und der Entrüstung – das schließlich zu Lauten des Schreckens, des Entsetzens und höchsten Abscheus anwuchs.

Man kann sich wohl denken, daß es keine gewöhnliche Erscheinung war, die den Unwillen einer so toleranten Gesellschaft erregen konnte. Man hatte in dieser Nacht der Maskenfreiheit zwar sehr freie Grenzen gezogen, doch die Gestalt war in der Tat zu weit gegangen – über des Prinzen weitgehende Duldsamkeit hinaus. Auch in den Herzen der Übermütigsten gibt es Saiten, die nicht berührt werden dürfen, und selbst bei den Verstocktesten, denen Leben und Tod nur Spiel sind, gibt es Dinge, mit denen sie nicht Scherz treiben lassen. Einmütig schien die Gesellschaft zu empfinden, daß in Tracht und Benehmen der befremdenden Gestalt weder Witz noch Anstand sei.

Lang und hager war die Erscheinung, und von Kopf bis Fuß in Leichentücher gehüllt; die Maske, die das Gesicht verbarg, war dem Antlitz eines Toten täuschend nachgebildet. Doch all dies hätten die tollen Gäste des tollen Gastgebers, wenn es ihnen auch nicht gefiel, hingehen lassen. Aber der Verwegene war so weit gegangen, die Gestalt des roten Todes darzustellen. Sein Gewand war blutbesudelt, und seine breite Stirn, das ganze Gesicht sogar war mit dem scharlachroten Todessiegel gefleckt.

Als die Blicke des Prinzen Prospero diese Gespenstergestalt entdeckten, die, um ihre Rolle noch wirkungsvoller zu spielen, sich langsam und feierlich durch die Reihen der Tanzenden bewegte, sah man, wie er im ersten Augenblick von einem Schauer des Entsetzens oder des Widerwillens geschüttelt wurde; im nächsten Moment aber rötete sich seine Stirn in Zorn.

»Wer wagt es«, fragte er mit heiserer Stimme die Höflinge an seiner Seite, »wer wagt es, uns durch solch gotteslästerlichen Hohn zu empören? Ergreift und demaskiert ihn, damit wir wissen, wer er ist, der bei Sonnenaufgang an den Zinnen unsres Schlosses aufgeknüpft werden wird!«

Es war in dem östlichen, dem blauen Zimmer, wo Prinz Prospero diese Worte rief. Sie hallten laut und deutlich durch alle sieben Gemächer, denn der Prinz war ein kräftiger und kühner Mann, und die Musik war durch eine Bewegung seiner Hand zum Schweigen gebracht worden.

Das blaue Zimmer war es, in dem der Prinz stand, umgeben von einer Gruppe bleicher Höflinge. Sein Befehl brachte Bewegung in die Höflingsschar, als wolle man den Eindringling ergreifen, der gerade jetzt ganz in der Nähe war und mit würdevoll gemessenem Schritt dem Sprecher nähertrat. Doch das namenlose Grauen, das die wahnwitzige Vermessenheit des Vermummten allen eingeflößt hatte, war so stark, daß keiner die Hand ausstreckte, um ihn aufzuhalten. Ungehindert kam er bis dicht an den Prinzen heran – und während die ganze Versammlung, zu Tode entsetzt, zur Seite wich und sich in allen Gemächern bis an die Wände zurückzog, ging er unangefochten seines Weges, mit den nämlichen, feierlichen und gemessenen Schritten wie zu Beginn.

Und er schritt von dem blauen Zimmer in das purpurrote – von dem purpurroten in das grüne – von dem grünen in das orangefarbene – und aus diesem in das weiße – und weiter noch in das violette Zimmer, ehe eine entscheidende Bewegung gemacht wurde, um ihn aufzuhalten. Dann aber war es Prinz Prospero, der rasend vor Zorn und Scham über seine eigene, unbegreifliche Feigheit die sechs Zimmer durcheilte – er allein, denn von den andern vermochte vor tödlichem Schrecken kein einziger ihm zu folgen. Den Dolch in der erhobenen Hand, war er in wildem Ungestüm der weiterschreitenden Gestalt bis auf drei oder vier Schritte nahe gekommen, als sie, die jetzt das Ende des Samtgemaches erreicht hatte, sich plötzlich zurückwandte und dem Verfolger gegenüberstand. Man hörte einen durchdringenden Schrei, der Dolch fiel blitzend auf den schwarzen Teppich und im nächsten Augenblick sank auch Prinz Prospero im Todeskampf zu Boden.

Nun stürzten mit dem Mute der Verzweiflung einige der Gäste in das schwarze Gemach und ergriffen den Vermummten, dessen hohe Gestalt aufrecht und regungslos im Schatten der schwarzen Uhr stand. Doch unbeschreiblich war das Grauen, das sie befiel, als sie in den Leichentüchern und hinter der Leichenmaske, die sie mit rauhem Griffe packten, nichts Faßbares fanden – sie waren leer . . .

Und nun erkannte man die Gegenwart des roten Todes. Er war gekommen wie ein Dieb in der Nacht. Und die Festgenossen sanken einer nach dem andern in den blutbetauten Hallen ihrer Lust zu Boden und starben – ein jeder in der verzerrten Lage, in der er verzweifelnd niedergefallen war. Und das Leben in der Ebenholzuhr erlosch mit dem Leben des letzten Fröhlichen. Und die Gluten in den Kupferpfannen verglommen. Und unbeschränkt herrschte über alles mit Finsternis und Verwesung der rote Tod.

Edgar Allan Poe:
König Pest

(Gesamtausgabe 1922)

Unter der Regierung des ritterlichen Königs Eduard III. ereignete es sich eines Mitternachts im Oktober, daß zwei Matrosen des Handelsschooners »Frei und Leicht«, der regelmäßig zwischen Sluys und der Themse hin und her fuhr und nun in diesem Fluß vor Anker lag, sich zu ihrem eigenen Erstaunen in der Trinkstube eines Bierhauses der Gemeinde St. Andreas in London sahen – eines Bierhauses, das als Wahrzeichen einen lustigen Matrosen im Schilde führte.

Das dürftig eingerichtete, rauchgeschwärzte Zimmer mit der niedrigen Decke, das auch in allem anderen durchaus den Charakter wahrte, wie er zur damaligen Zeit solchen Lokalen eigen war, schien den sonderbaren Gästen, die in Gruppen herumsaßen, für seine Bestimmung ganz geeignet. Von diesen Gruppen bildeten unsere zwei Schiffer wohl die interessanteste.

Der eine, der der ältere zu sein schien und den sein Genosse bezeichnenderweise »Bein« nannte, war bei weitem der größere von beiden. Er mochte sechseinhalb Fuß haben, und ein

135

gewohnheitsmäßiges Vornüberbeugen war wohl die notwendige Folge einer so gewaltigen Länge. Dies Zuviel einerseits wurde jedoch durchs anderweitige Zuwenig mehr als ausgeglichen. Er war auffallend mager und hätte als Wimpel an der Mastspitze hängen oder auch als Klüverbaum diesen können. Doch diese und andere ähnliche Scherze hatten anscheinend auf die Lachmuskeln des Matrosen nicht die geringste Wirkung auszuüben vermocht. Mit seinen starken Backenknochen, der großen Hakennase, dem zurücktretenden Kinn, dem hängenden Unterkiefer und den großen hervorquellenden Augen blieb der Ausdruck seines Gesichts allen Neckereien zum Trotz ernst und feierlich – um nicht zu sagen gleichgültig gegen alles.

Der jüngere Seemann war in seiner äußeren Erscheinung das gerade Gegenteil seines Gefährten. Seine Höhe betrug keine vier Fuß. Ein paar stämmige, krumme Beine trugen seine gedrungene, schwerfällige Gestalt, während seine ungewöhnlich kurzen und dicken Arme, an deren Enden viel zu kleine Fäuste saßen, zu beiden Seiten herabschlenkerten wie die Flossen einer Meerschildkröte. Kleine Augen von unbestimmter Farbe zwinkerten aus einer runden und rosigen Fleischmasse hervor, in der die kurze Nase fast begraben lag; und seine dicke Oberlippe ruhte auf der noch dickeren Unterlippe mit einem Ausdruck großer Selbstgefälligkeit, der noch dadurch erhöht wurde, daß ihr Besitzer die Gewohnheit hatte, sie oft zu lecken. Für seinen langen Freund hatte er offenbar ein Gefühl, bei dem sich Bewunderung und Spott die Wage hielten, und gelegentlich starrte er zu seinem Antlitz auf wie die rot untergehende Sonne zu den Felsenhöhen von Ben Newis.

Die Wanderung dieses würdigen Paares durch die Schenken der Nachbarschaft war gründlich und abenteuerlich gewesen; doch selbst die reichste Quelle versiegt einmal, und so hatten unsere Freunde nun diese letzte Schenke mit leeren Taschen betreten.

Zur Zeit, da diese Geschichte beginnt, saßen Bein und sein Kamerad, Hugo Tarpaulin, am langen Eichentisch in der Mitte der Gaststube mit aufgestützten Ellenbogen da. Sie starrten hinter einer riesigen Kanne voll Starkbier zu den gewichtigen Worten »Hier wird nicht angekreidet« empor, die zu ihrer Verwunderung und Entrüstung über der Türe geschrieben standen – und zwar vermittels eben jenes Minerals, dessen Vorhandensein sie ableugneten. Nicht etwa, daß einer dieser Seebären die Gabe besessen hätte, Geschriebenes entziffern zu können – eine Gabe, die dem gemeinen Volk jener Tage kaum weniger kabbalistisch dünkte als die der Rednerkunst –, aber die Buchstaben waren so seltsam verschnörkelt, hatten eine so bedenklich schiefe Neigung leewärts, daß sie den Schiffern schlechtes Wetter anzuzeigen schienen; sie beschlossen daher, um die bezeichnenden Worte Beins anzuwenden, »Wasser auszupumpen, alle Segel aufzugeien und vor dem Wind zu treiben.«

Nachdem sie also den Rest des Bieres passend untergebracht und die Enden ihres kurzen Kamisols hochgenommen hatten, machten sie einen Ausfall nach der Straße. Wenngleich Tarpaulin zweimal in die Feuerstelle rollte, die er irrtümlicher die Türe hielt, so glückte ihnen schließlich doch die Flucht, und gerade als es halb eins schlug, rannten unsere Helden, zu allen Schandtaten bereit, die dunkle Straße hinunter, die zur Sankt-Andreas-Treppe führte – und hinter ihnen her lief scheltend die Wirtin vom »Lustigen Matrosen«.

Zur Zeit dieser ereignisreichen Geschichte, wie auch Jahre vorher und danach, schallte durch ganz England, besonders aber in der Hauptstadt, der Angstschrei. »Die Pest!« Die Stadt war stark entvölkert – und in den schrecklichen Bezirken an den Ufern der Themse, von wo inmitten enger, dunkler und schmutziger Gassen der Dämon dieser Krankheit, wie es hieß, seinen Ausgang genommen hatte, herrschten in einsamer Größe Grauen und Entsetzen und Aberglaube.

Durch den Machtspruch des Königs war über diese Orte damals der Bann gesprochen und ihr Betreten bei Todesstrafe verboten worden. Doch weder das Gebot des Königs noch die riesigen Schranken, die den Zugang zu diesen Straße versperrten, noch der Anblick jenes ekelhaften Todes, der mit fast unumstößlicher Gewissheit den Elenden befiel, dem keine Gefahr die Abenteuerlust benahm, schützten die verlassenen Wohnungen vor nächtlichen Beutezügen, die dort nach Eisenteilen und sonstigen zurückgebliebenen Dingen, die irgendwie verwertbar waren, unternommen wurden.

Alljährlich, wenn der Winter kam und die Schranken geöffnet wurden, stellte es sich heraus, daß Schlösser, Riegel und verborgene Gelasse den reichen Vorräten an Wein und Branntwein nur wenig Schutz geboten hatten, die von den Händlern, deren Geschäftsräume in der Nähe lagen, für die Dauer der Verbannung in so unzulänglicher Obhut belassen worden waren.

Doch nur sehr wenige von der erschreckten Bevölkerung glaubten, daß Menschenhände hier am Werk gewesen. Pestgeister, Seuchengespenster und Fieberdämonen waren die volkstümlichen Unglücksbringer; und so blutrünstige Geschichten wurden berichtet, daß dieses ganze verbotene Viertel in Schauer gehüllt war wie in ein Leichentuch, und nicht selten der Plünderer selbst von dem Grausen, das seine Taten erst geweckt hatten, hinweggetrieben wurde, und der ganze große verpönte Stadtteil in Dunkel und Stille der Pest und dem Tode überlassen war.

Eine der gewaltigen Schranken also, die anzeigten, daß der Ort dahinter dem Pestbann unterworfen sei, versperrte plötzlich dem biederen Tarpaulin und sei nem Freunde Bein den Weg. Umkehr war ausgeschlossen, und Zeit war nicht zu verlieren, denn die Verfolger waren ihnen dichte auf den Fersen. Einem rechten Seemann ist es ein kleines, solch rauhes Plankenwerk zu überklettern, und in der doppelten Aufregung der Flucht und des Branntweins sprangen sie ohne Zögern in die versperrten Gassen hinab, deren widerliche Winkelgänge sie in trunkenem Lauf mit Schreien und Rufen durchirrten.

Wären sie nicht so bis zur Bewusstlosigkeit betrunken gewesen – ihre taumelnden Füße hätten inmitten dieses Grauens wie gelähmt sein müssen. Die Luft war kalt und neblig. Die Pflastersteine lagen aufgewühlt im hohen fetten Gras. Zusammengestürzte Häuser blockierten die Straßen; ekle, giftige Dünste stiegen auf – und in dem gespenstischen Schein, der selbst um Mitternacht einer feuchten und verseuchten Atmosphäre entsteigt, konnte man in den Winkeln und Gassen und in den fensterlosen Behausungen den Leichnam manch eines nächtlichen Plünderers faulen sehen, den die Seuche mitten bei seinen Räubereien ereilt hatte.

Aber weder diese Bilder noch irgendwelche räumlichen Hindernisse hatten Macht, den Lauf von Männern aufzuhalten, die, von Natur aus tapfer, gerade jetzt von übermütiger Kühnheit und Starkbier überschäumten und in ihrem gegenwärtigen Zustand ohne Zögern in den Rachen des Todes gerannt sein würden. Vorwärts – immer vorwärts stelzte der grimmige Bein, und die trostlose Einöde hallte wider von seinen Schreien, die wie der grausige Schlachtruf der Indianer aufgellten. Und vorwärts – immer vorwärts rollte der dicke Tarpaulin am Rockschoß seines lebhafteren Gefährten und überbot dessen emsige Gesangstätigkeit mit seinem donnergrollenden Baß, der aus den Tiefen seiner gewaltigen Lungen dröhnte.

Sie waren nun offenbar ins innerste Lager der Pest vorgedrungen. Mit jedem taumelnden Schritt wurde ihr Weg widerlicher und grausiger – wurden die Pfade enger und ungangbarer. Riesige Steine und Balken, die von den verrottete Dächern herabstürzten, ließen durch ihren dumpfen, schweren Fall erkennen, wie hoch die dunklen Häusermassen waren; und da wirkliche Tatkraft dazu gehörte, sich durch die Unrathaufen einen Weg zu bahnen, so geschah es keineswegs selten, daß die Hand ein Skelett oder eine weiche Leichenmasse berührte.

Plötzlich, als die Matrosen gegen das Tor eines hohen, gespenstischen Hauses taumelten und aus der Kehle des aufgeregten Bein ein Ruf, noch schriller als bisher, emporgellte, kam ihnen aus dem Innern Antwort in seltsamen, gelächterähnlichen höllischen Schreien. Wen hätten Töne solcher Art, zu solcher Stunde und an solchem Orte nicht entsetzt? Wem hätten sie nicht das Blut in den Adern erstarren gemacht? Das trunkene Paar aber stürzte kopfüber gegen das Tor, warf es auf und stolperte mit einer Ladung von Flüchen mitten hinein in die Ereignisse.

Der Raum, in dem sie sich befanden, schien der Laden eines Leichenbesorgers zu sein; doch eine offene Falltür, die sich dicht beim Eingang im Boden befand, zeigte dem Blick eine lange Reihe von Weinkellern, die, nach dem gelegentlichen Knall zerplatzender Flaschen zu schließen, mit angemessenem Trinkstoff gut versorgt zu sein schienen. Inmitten des Raumes stand ein Tisch und auf ihm ein riesiges Gefäß mit einer punschähnlichen Flüssigkeit. Flaschen mit den verschiedensten Weinen und Likören, Kannen, Krüge und Gemäße von jeder Form und Größe waren zahlreich über den Tisch verstreut, um den herum auf Sargböcken eine Gesellschaft von sechs Personen saß. Diese Gesellschaft will ich, so gut es geht, im einzelnen beschreiben.

Der Eingangstüre gegenüber und ein wenig höher als die andern saß eine Persönlichkeit, die der Präsident der Tafelrunde zu sein schien. Die Gestalt war hoch und hager, und Bein war verblüfft, hier jemanden zu finden, der ihn selbst noch überragte. Das Gesicht war gelb wie Safran, doch waren seine Züge, bis auf eine Ausnahme, in keiner Hinsicht so bemerkenswert, um eine Beschreibung zu rechtfertigen. Diese eine Ausnahme war eine ungewöhnlich und grausig hohe Stirn, die aussah wie eine dem natürlichen Kopf aufgesetzte Fleischmütze oder -krone. Der Mund war eingefallen und zu einem gewissen gespenstischen Ausdruck von Leutseligkeit verzogen, und die Augen waren, gleich den Augen aller am Tisch, trüb und starr von Trunkenheit. Der ganze Mann war von Kopf zu Fuß in ein reichbesticktes schwarzsamtenes Bahrtuch gehüllt, das er wie einen spanischen Mantel umgeworfen hatte. Von seinem Kopfe nickten schwarze Trauerfedern, die er mit würdiger und listiger Miene hin und her schwenkte; und in der rechten Hand hielt er ein mächtiges menschliches Schenkelbein, mit dem er soeben durch Aufschlagen auf den Tisch einen aus dem Kreise zum Singen aufgefordert zu haben schien.

Ihm gegenüber und mit dem Rücken zur Türe saß eine Dame, die ihm an Seltsamkeit kein Jota nachstand. Wenngleich sie ebenso groß war wie er, konnte sie sich nicht über ebensolche unnatürliche Magerkeit beklagen. Sie schien im letzten Stadium der Wassersucht zu sein, und ihr Antlitz glich dem mächtigen Faß voll Oktoberbier, das dicht an ihrer Seite in einer Zimmerecke stand. Ihr Gesicht war unglaublich rund, rot und voll und hatte dieselbe Eigenart oder vielmehr denselben Mangel an Eigenart, den ich schon beim Präsidenten erwähnte, d.h. nur ein einziger Zug in ihrem Gesicht war ausgeprägt genug, um besondere Erwähnung zu verdienen. Übrigens bemerkte der aufmerksame Tarpaulin sofort, daß man von jedem der Anwesenden dasselbe sagen konnte; jeder schien das Monopol auf eine besondere Eigenart in der Gesichtsbildung zu besitzen. Bei der in Rede stehenden Dame war es der Mund. Er begann am rechten Ohr und schwang sich in einer schauerlich klaffenden Spalte zum linken hinüber, so daß die kurzen Gehänge, mit denen sie die Ohrläppchen geschmückt hatte, fortwährend in die Öffnung tauchten. Sie war jedoch unablässig bemüht, den Mund geschlossen zu halten und würdig auszusehen in ihrem frischgestärkten und gebügelten Leichenhemd, das mit einer steifen Batistkrause dicht unterm Kinn abschloß.

Zu ihrer Rechten saß eine winzige junge Dame, die sie in ihre Obhut genommen zu haben schien. Dieses zierliche Geschöpf, dessen abgemagerte Finger zitterten, dessen Lippen bleigrau waren und dessen leichenblasse Wangen hektische rote Flecke trugen, machte den unverkennbaren Eindruck, von der galoppierenden Schwindsucht ergriffen zu sein. Dabei war ihre ganze Erscheinung durchaus vornehm; sie trug mit anmutiger Nachlässigkeit ein weites, schönes Sargtuch aus feinstem indischen Schleierleinen; ihr Haar hing in Ringeln auf den Nacken; ihre Lippen umspielte ein sanftes Lächeln; aber ihre Nase – eine lange, dünne, krumme, biegsame und finnige Nase – hing tief über die Unterlippe herab und gab ihrem Antlitz, ungeachtet der zierlichen Weise, mit der ihre Zunge die Nase dann und wann zur Seite schob, einen etwas zweideutigen Ausdruck.

Ihr gegenüber und zur Linken der wassersüchtigen Dame saß ein kleiner, aufgeblasener, keuchender und gichtiger Alter, dessen Wangen wie zwei riesige Blasen voll Portwein auf seinen Schultern ruhten. Mit gekreuzten Armen und einem fest bandagierten Bein, das auf dem Tische lag, hielt er sich anscheinend zu tiefsinnigen Betrachtungen berechtigt. Er war sichtlich stolz auf jeden Zoll seiner persönlichen Erscheinung, schien aber noch größeres Entzücken darin zu finden, die Aufmerksamkeit auf seinen lustigbunten Überrock zu lenken. Dieser mußte ihn nicht wenig Geld gekostet haben und war ihm wie auf den Leib geschnitten – aus einem jener seltsam bestickten Seidenüberzüge, mit denen man in England und auch anderswo, wenn ein Adelsgeschlecht ausgestorben ist, das Wappenschild an seinem Stammsitz zu drapieren pflegt.

Neben ihm und rechts vom Präsidenten saß ein Herr in langen weißen Strümpfen und baumwollenen Hosen. Seine Gestalt schwankte in lächerlicher Weise hin und her, in einem Anfall, den Tarpaulin mit »Katzenjammer« bezeichnete. Seine frischrasierten Kinnbacken waren mit einer Musselinbinde fest hinaufgebunden; und seine Arme waren auf ähnliche Weise an den Handgelenken gefesselt, so daß er den Getränken auf dem Tisch nicht allzu kräftig zusprechen konnte – eine Vorsichtsmaßregel, die nach Ansicht von Bein durchaus angemessen war, so versoffen war sein Antlitz. Ein paar gewaltige Ohren, die beim besten Willen nicht verborgen werden konnten, türmten sich in den Raum empor und zuckten jedesmal krampfhaft zusammen, wenn ein neuer Pfropfen knallte.

Ihm gegenüber, als Sechster und Letzter, befand sich einer in sehr steifer Haltung, der – gelähmt wie er war – sich in seiner unbequemen Kleidung wenig behaglich gefühlt haben muß. Er war recht unangemessen mit einem neuen und hübschen Mahagonisarg bekleidet, dessen Kopfende dem Träger den Schädel drückte und in Art einer Haube darüber hinausragte, was dem ganzen Antlitz einen unbeschreiblichen Reiz verlieh. In die Seiten des Sarges waren nicht sowohl aus Schönheitsgründen als zur Bequemlichkeit Armlöcher eingeschnitten; nichtsdestoweniger aber verhinderte das Kleid seinen Besitzer, so aufrecht dazusitzen wie seine Gefährten; und wie er so in einem Winkel von fünfundvierzig Grad sich rückwärts an seine Bahre lehnte, verdrehten ein Paar ungeheurer gestielter Augen ihr grauenhaftes Weiß zur Decke – in höchster Verblüffung über ihre eigene Riesenhaftigkeit.

Vor jedem aus der Tafelrunde lag ein Schädel, der als Trinkbecher diente. Über dem Tisch hing ein menschliches Skelett, dessen eines Bein vermittels eines Stricks an einem Haken in der Decke befestigt war. Das andere Bein stand in rechtem Winkel vom Rumpfe ab und veranlaßte, daß das ganze leichte und klappernde Gestell bei jedem launischen Windstoß, der hereinirrte, herumwirbelte. In der Schädelhöhle dieses widerlichen Dinges lag eine Anzahl glühender Kohlen, die die ganze Szenerie feurig beleuchteten, indes Särge und andere zum Laden eines Leichenbesorgers gehörigen Gegenstände an Wänden und Fenstern aufgestapelt lehnten und verhinderten, daß etwa ein Lichtstrahl auf die Straße dringe.

Beim Anblick dieser merkwürdigen Versammlung und ihrer noch merkwürdigeren Geräte bewiesen unsere Seeleute nicht gerade jenen Anstand, den man hier erwartet zu haben schien. Bein lehnte sich, da wo er stand, an die Wand, ließ seinen Unterkiefer noch tiefer als gewöhnlich hängen und sperrte die Augen auf, so weit er konnte, indessen Hugo Tarpaulin sich in die Knie beugte, bis seine Nase in gleicher Höhe mit dem Tische war, die Fäuste auf die Knie stemmte und in ein langes und geräuschvolles, höchst unziemliches Gelächter ausbrach.

Der lange Präsident aber, durch dieses ungezogene Benehmen keineswegs beleidigt, lächelte die Eintretenden liebenswürdig an – nickte ihnen mit seinem Kopf voll Trauerfedern zu – stand auf, nahm jeden von ihnen beim Arm und führte ihn zu einem Sitz, den ein anderer der Versammelten inzwischen für ihn bereitgestellt hatte. Bein ließ alles dies widerstandslos mit sich geschehen und nahm dort Platz, wo man ihn hingeführt hatte; der galante Hugo aber ergriff das Sarggestell, das man ihm am Kopfende des Tisches zugewiesen hatte, und rückte es neben die schwindsüchtige junge Dame in dem Sargtuch aus indischem Schleierleinen. Hier an ihrer Seite ließ er sich fröhlich nieder, goß sich einen Schädelbecher voll Rotwein ein und leerte ihn auf ihre Gesundheit. Diese Vermessenheit aber empörte den steifen Herrn im Sarg aufs höchste, und es hätte leicht zu ernsten Folgen kommen können, wenn nicht der Präsident mit seinem Schenkelbein auf den Tisch gehauen und die Aufmerksamkeit der Anwesenden für die folgende Rede in Anspruch genommen hätte:

»Es wird uns zur Pflicht, das gegenwärtige fröhliche Ereignis –«

»Halt da!« unterbrach ihn Bein mit ernster Miene, »halt da, sage ich, und meldet mal erst, wer zum Teufel ihr eigentlich seid und was ihr hier zu tun habt! Ihr seht ja aus wie leibhaftige Teufelsbraten! Wie kommt ihr dazu, den Wein zu mausen, den mein ehrenwerter Schiffskamerad, Will Wimble, der Leichenbesorger, sich für den Winter aufgestaut hatte?«

Bei diesem unverzeihlich rüden Benehmen sprang die ganze Gesellschaft entrüstet auf und stieß dieselben höllischen Schreie aus, die zuvor die beiden Seeleute hereingelockt hatten. Der Präsident gewann als erster seine Fassung wieder, wandte sich mit großer Würde zu Bein und begann von neuem:

»Wir sind gern bereit, eine angebrachte Neugier von seiten so vornehmer Gäste so ungebeten sie auch sein mögen, zu befriedigen. So wißt denn, daß in diesem Reich hier ich der Herrscher bin und mit unumschränkter Gewalt regiere unter dem Titel: König Pest der Erste.

Dieser Raum, den ihr profanerweise als den Laden von Will Wimble, Leichenbesorger, bezeichnet – ein Mann, den ich gar nicht kenne und dessen plebejischer Name mein königliches Ohr noch nie verletzte – dieser Raum, sage ich, ist der Thronsaal unseres Palastes, in dem wir das Wohl des Landes beraten und bei sonstigen heiligen und wichtigen Anlässen zusammenkommen.

Die edle Dame mir gegenüber ist Königin Pest, Unsere durchlauchtigste Gemahlin. Die anderen erhabenen Anwesenden gehören alle zu Unserer Familie und tragen die Abzeichen königlicher Herkunft nebst den respektiven Titeln: Seine Gnaden der Erzherzog Pestherd – Seine Gnaden der Herzog Pestilenz – Seine Gnaden der Herzog Daßdichdiepest – und Ihre Durchlaucht die Erzherzogin Ana-Pest.

Was eure Frage anlangt,« fuhr er fort, »aus welchem Grunde wir hier zu Rate sitzen, so werdet ihr verzeihen, wenn wir entgegnen, daß es sich – und zwar ausschließlich – um Unsere eigenen königlichen Interessen handelt, die für niemanden sonst von Wichtigkeit sind. In Anbetracht der Rechte aber, auf die ihr als Fremde und als unsere Gäste Anspruch erheben könnt, wollen wir noch hinzufügen, daß wir nach vorangegangenen gründlichen Nachforschungen und Erkundigungen heute nacht hier sind, um dem besonderen Geist – der unbegreiflichen Art und Eigenschaft – dieser köstlichen Gaumenlatzung: der Weine, Biere und Liköre Unserer trefflichen Hauptstadt nachzugehen, ihn zu analysieren. Damit folgen wir weniger Unseren eigenen Wünschen, vielmehr dienen wir hiermit der Wohlfahrt jenes unirdischen Herrschers, der uns alle regiert,

145

dessen Reich keine Grenzen kennt und dessen Name ›Tod‹ ist.«

»Dessen Name David Jones ist!« ließ sich Tarpaulin vernehmen, seiner Dame einen Schädel voll Likör reichend und sich dann selber eingießend.

»Gemeiner Bube!« wandte sich nun der Präsident an Hugo, »gemeiner, niederträchtiger Schurke! – Wir haben ausgesprochen, daß in Anbetracht der Gastrechte, die wir selbst deiner elenden Person zugestehen, wir Uns herablassen wollten, deine ungezogenen und ungelegenen Fragen zu beantworten. Dessenungeachtet halten Wir es für unsere Pflicht, euer unheiliges Eindringen in unsere Ratssitzung mit einer Buße zu belegen und verurteilen daher dich und deinen Spießgesellen zu je einer Gallone Wacholderschnaps, den ihr auf die gedeihliche Entwicklung Unseres Königreichs auf einen Zug und mit gebeugtem Knie hinunterzugießen habt. Dann soll es euch freistehn, eure Wege weiterzugehn oder zu bleiben und an den Privilegien Unserer Tafelrunde teilzunehmen – je nachdem es euch Vergnügen macht.«

»Es ist ein Ding der Unmöglichkeit,« entgegnete Bein, dem das würdige Auftreten des Königs Pest I. offenbar Respekt einflößte und der sich erhoben hatte und aufgestützt am Tische stand, – »Majestät halten zu Gnaden, es ist ein Ding der Unmöglichkeit, in meinen Raum auch nur ein Viertelmaß jenes Likörs zu verstauen, den Eure Majestät soeben erwähnten. Nicht nur, daß ich am Vormittag an Bord tüchtig Ballast aufgenommen habe und heut Abend in verschiedenen Häfen eine Menge Bier und Schnaps einschiffen ließ – ich habe gegenwärtig eine volle Ladung Starkbier in mir, die ich im ›Lustigen Matrosen‹ gegen Barzahlung eingenommen habe. Eure Majestät wollen daher so gnädig sein, den Willen für die Tat zu nehmen – denn nichts kann mich dazu bringen, noch einen Tropfen zu schlucken – am allerwenigsten einen Tropfen jenes höllischen Schlagwassers, das auf den Namen ›Wacholderschnaps‹ hört.«

»Heh, stopp!« unterbrach ihn Tarpaulin, nicht weniger erstaunt über die Länge dieser Rede als über ihren abweisenden Inhalt – »heh, stopp! du Flegel! – Ich sage dir, Bein, kein solches Geschlabber mehr! Mein Laderaum ist noch leer, wennschon ich zugebe, daß du selber ein wenig betrunken bist; und was deinen Teil an der Ladung anlangt, so würde ich ihn, um Streit zu vermeiden, mitsamt dem meinigen zu verstauen suchen, aber –«

»Ein solches Vorgehen«, fiel der Präsident hier ein, »widerspräche durchaus dem gesetzlichen Machtspruch, der unwiderruflich ist. Die von Uns auferlegte Strafe muß nach dem Buchstaben erfüllt werden – und zwar unverzüglich, andernfalls dekretieren wir, daß man euch Kopf und Füße zusammenbindet und euch als Aufrührer in jenem Oxhoft mit Oktoberbier ersäuft.«

»Ein Rechtsspruch! – Ein Rechtsspruch! – Ein guter und gerechter Rechtsspruch! – Ein glorreiches Wort! – Ein würdiges und aufrechtes Urteil!« – rief die Familie Pest wie aus einem Munde. Der König zog die Stirn in tausend Falten; der gichtige Alte schnaufte wie ein Blasebalg; die Dame mit dem Sargtuch schwenkte ihre Nase hin und her; der Herr in den baumwollenen Hosen spitzte seine langen Ohren; die mit dem Leichenhemd klappte mit ihrem Fischmaul, und der im Sarg hielt sich steif und rollte mit den Augen.

»Hu, hu, hu!« kicherte Tarpaulin, ohne die allgemeine Aufregung zu beachten, »hu, hu, hu! – hu, hu, hu, hu! – hu, hu, hu! – Ich meinte,« sagte er, »ich meinte, als Herr König Pest seine Marlpfrieme dazwischensteckte, ich meinte, was zwei oder drei Gallonen Wacholderschnaps anlange, so sei das eine Kleinigkeit für ein strammes und nicht überlastetes Seeboot wie mich – wenn aber auf das Wohl des Teufels getrunken werden soll und wenn ich bei lebendigem Leibe zu diesem bösen König hinunterfahren soll, von dem ich so gewiß weiß, wie von mir, daß ich ein Sünder bin, daß er kein anderer ist als Tim Hurlygurly, der Schauspieler – ja, das ist denn doch 'ne ganz andere Sache und geht durchaus über mein Verständnis.«

Er konnte seine Rede nicht beenden. Bei Nennung des Namens Tim Hurlygurly sprang die ganze Versammlung von ihren Sitzen.

»Verrat!« brüllte Seine Majestät König Pest der Erste.

»Verrat!« sagte der kleine gichtige Alte.

»Verrat!« kreischte die Erzherzogin Ana-Pest.

»Verrat!« kreischte der Herr mit der aufgebundenen Kinnlade.

»Verrat!« grollte der mit dem Sarg.

»Verrat! Verrat!« rief die Majestät vom großen Maul und packte den unglücklichen Tarpaulin, der sich soeben seinen Trinkschädel neu gefüllt hatte, bei seinem Hosenboden, hob ihn hoch in die Luft und ließ ihn ohne alle Umschweife in die riesige Bütte seines geliebten Starkbieres fallen. Er tauchte auf und nieder wie ein Apfel im Grog und verschwand schließlich im Schaumstrudel, den seine Befreiungsversuche in der ohnedies schäumenden Flüssigkeit hervorgebracht hatten.

Bein aber, der lange Seemann, war nicht gewillt, die Leiden seines Kameraden ruhig mit anzusehen. Er stieß König Pest durch die offene Falltür im Fußboden und warf fluchend die Tür hinter ihm zu. Dann wandte er sich ins Zimmer. Er riß das über dem Tische schaukelnde Skelett herab und schlug damit so gewaltig um sich, daß er beim letzten Schein des verglimmenden Lichtes dem kleinen Mann mit der Gicht die Hirnschale zerschmetterte. Dann stürmte er zu dem verhängnisvollen Oxhoft voll Oktoberbier und Hugo Tarpaulin und stieß es mit aller Macht um. Ein Meer von Flüssigkeit stürzte heraus, so gewaltig – so flutend und brausend, – daß der Raum von einem Ende zum andern überschwemmt war – der vollbeladene Tisch wurde umgeworfen – die Bahren fielen um, die Punschkübel ins Kaminfeuer und die Damen in Schreikrämpfe. Ganze Haufen von Bestattungsgeräten schwammen umher. Kannen und Krüge wogten durcheinander, und Korbflaschen kämpften verzweifelt mit Weiden- und Kürbisflaschen. Der Mann mit dem Katzenjammer ersoff auf der Stelle – der kleine steife Herr schwamm in seinem Sarg davon, und der siegreiche Bein ergriff die dicke Dame im Leichenhemd bei den Hüften, stürmte mit ihr auf die Straße und jagte auf kürzestem Wege zum Ankerplatz der »Frei und Licht«; hinter ihm drein segelte der furchtbare Hugo Tarpaulin, der, nachdem er zwei- bis dreimal kräftig geniest hatte, mit der Erzherzogin Ana-Pest auf den Armen daherkeuchte.

Giacomo Casanova:
Die Pocken

(Drittes Kapitel Erinnerungen 1907)

Nach dem Abendessen sagte mir die Magd, ohne daß ich sie fragte, Bettina habe sich mit einem sehr starken Fieberschauer niedergelegt, nachdem sie ihr Bett in der Küche neben dem ihrer Mutter habe aufstellen lassen. Das Fieber konnte echt sein; aber ich zweifelte daran. Ich war überzeugt, sie würde niemals sich entschließen gesund zu sein; denn sie hätte mir dadurch ein zu starkes Argument geliefert, um die angebliche Unschuld ihres Verkehrs mit Cordiani ebenfalls für erlogen zu halten. Ich sah es daher ebenfalls nur als eine List an, daß sie ihr Bett neben dem ihrer Mutter hatte aufstellen lassen.

Am andern Tage kam der Arzt Olivo und fand sie in heftigem Fieber; er sagte dem Doktor, das Fieber werde sie wahrscheinlich sehr aufgeregt machen, und sie werde tolle Reden führen; daran werde aber kein Teufel schuld sein, sondern eben das Fieber. Wirklich delirierte Bettina den ganzen Tag, der Doktor aber verließ sich auf den Ausspruch des Arztes und schickte nicht nach dem Jakobiner, soviel seine Mutter auch redete. Das Fieber dauerte fort und wurde immer stärker, und am vierten Tage brachen die Pocken aus. Cordiani und die beiden Feltrini, die die Krankheit noch nicht gehabt hatten, wurden sofort aus dem Hause geschafft; mit mir war es anders, und ich blieb daher allein zurück.

Das arme Mädchen war dermaßen von den Pestbeulen bedeckt, daß am sechsten Tage an ihrem ganzen Leibe kein Stückchen Haut mehr zu sehen war. Ihre Augen waren ganz zugeschwollen, und man gab die Hoffnung auf, sie am Leben zu erhalten, als man bemerkte, daß Mund und Schlund so voll von Beulen waren, daß nur noch ein paar Tropfen Honig in die Speiseröhre eingeflößt werden konnten. Abgesehen vom Atmen lag sie völlig bewegungslos da. Ihre Mutter wich nicht von ihrem Bett, und man fand mich bewunderungswürdig, als ich mir meinen Tisch und meine Schulbücher an dieses Bett bringen ließ. Das arme Kind sah fürchterlich aus: ihr Kopf hatte um ein Drittel an Umfang zugenommen, von ihrer Nase war nichts mehr zu sehen, und man befürchtete, sie würde auf alle Fälle ihre Augen verlieren, selbst wenn sie mit dem Leben davonkäme. Am unangenehmsten war mir der Geruch ihrer Ausdünstung, aber standhaft ertrug ich auch diesen.

Am neunten Tage kam der Gemeindepfarrer, erteilte ihr die Absolution und versah sie mit der heiligen Ölung; dann sagte er, er lasse sie in Gottes Hand. Bei dieser an sich so traurigen Szene mußte ich über die Reden der Mutter und des Doktors lachen. Die gute Frau wollte wissen, ob der Teufel, von dem sie besessen wäre, sie jetzt noch zu Tollheiten antreiben könnte, und was aus dem Teufel würde, wenn Bettina stürbe. Denn sie hielt ihn, so sagte sie, nicht für so dumm, daß er in einem so ekelerregenden Körper bleiben würde; vor allem aber wünschte sie zu wissen, ob der Teufel sich der Seele ihrer armen Tochter bemächtigen könnte. Der Doktor gab als ubiquistischer Theologe auf alle diese Fragen Antworten, in denen keine Spur von gesundem Menschenverstand war, so daß dadurch die Verlegenheit der armen Mutter nur noch größer wurde.

Am zehnten und elften Tage stand es mit Bettina anscheinend so schlecht, daß wir jeden Augenblick erwarteten, sie zu verlieren. Die Krankheit war auf ihrem Höhepunkt; die Arme verbreitete einen so furchtbaren Geruch, daß niemand es mehr bei ihr aushalten konnte. Nur ich ging nicht von ihrer Seite, denn ihr Zustand machte mich untröstlich. Das menschliche Herz ist ein Abgrund; denn – sollte man es glauben? – in diesem entseuchen Zustand flößte Bettina mir die ganze Zärtlichkeit ein, die ich nach ihrer Heilung ihr bewies.

Am dreizehnten Tage hörte das Fieber auf, und Bettina wurde von einem unerträglichen Jucken gequält, das sich durch keine Arznei so wirksam hätte lindern lassen wie durch die Worte, die ich jeden Augenblick wiederholte: »Bettina! Denken Sie dran, daß Sie jetzt gesund werden, aber wenn Sie's wagen, sich zu kratzen, so bleiben Sie so häßlich, daß kein Mensch Sie mehr liebhaben wird.«

Welcher Arzt aus der ganzen Welt weiß ein stärkeres Verhinderungsmittel gegen das Jucken für ein junges Mädchen, welches weiß, daß es schön gewesen ist und sich in Gefahr sieht, durch eigene Schuld häßlich zu werden, wenn es sich kratzt?

Endlich öffnete sie zum erstenmal wieder ihre schönen Augen; man legte sie in ein frisches Bett und trug sie in ihre Kammer; doch mußte sie noch bis Ostern das Bett hüten. Sie impfte mir einige Pocken ein, von denen drei auf meinem Gesicht unverwischbare Spuren zurückgelassen haben. Aber sie machten mir Ehre bei Bettina, denn sie waren ein Zeichen meiner treuen Pflege, und sie erkannte jetzt an, daß ich ihre ausschließliche Zärtlichkeit verdiene. Darum liebte sie mich von nun an ohne jede Verstellung, und ich liebte sie ebenso zärtlich, ohne jedoch eine Blume zu pflücken, die das Schicksal im Bunde mit dem Vorurteil für die Ehe aufbewahrte. Aber für was für eine jämmerliche Ehe! Zwei Jahre später heiratete Bettina einen Schuster, namens Pigozzo, einen gemeinen Schuft, der sie arm und unglücklich machte, so daß ihr Bruder, der Doktor, sie von ihm fortnehmen und für sie sorgen mußte. Als der gute Doktor fünfzehn Jahre darauf zum Erzpriester der

Kirche von San Giorgio di Piano gewählt wurde, nahm er sie mit. Dort traf ich, als ich vor achtzehn Jahren ihn besuchte, Bettina als alte und todkranke Frau. Sie verschied vor meinen Augen im Iahre 1776, vierundzwanzig Stunden nach meiner Ankunft in ihrem Hause.

Johann Georg Theodor Grässe: Sagenbuch des Preußischen Staats

(1868)

Die Kindesmumie im Dom zu Magdeburg

In einem Verschlage der Domkirche zu Magdeburg und zwar in einem roth ausgelegten, mit aromatischen Kräutern ausgefüllten Sarge wird noch heute der unverweste Leichnam eines zarten Kindes weiblichen Geschlechts verwahrt. Das Todtenhemdchen desselben ist von seiner Leinewand und das Kleidchen von weißer Seide mit rothseidenen Schleifen und Quasten. Das ebenfalls seidene Mützchen ist mit Gold und feinen Spitzen besetzt. Nach der Sage wäre das Kind eine Prinzessin, Tochter des polnischen Herzogs Prebislav und seiner Gemahlin Luidgard von Mecklenburg. Letztere war von ihrem Gatten durch Meuchelmord aus der Welt zu schaffen versucht worden, weil sie ihm keine Kinder gebar; allein es war ihr gelungen nach Magdeburg zu entfliehen, wo sie wunderbarer Weise eine Tochter gebar; allein ehe man noch ihrem Gatten Nachricht von ihrem Leben und der Geburt einer Prinzessin geben konnte, starben beide um das Jahr 1280 daselbst an der Pest.

Sonntagsarbeit läuft übel ab

Den 19. August des Jahres 1604 am 11. Sonntag nach Trinitatis gerieth ein ansehnlicher und reicher Bürger zu Merseburg auf die Idee, einen Baum voll Birnen, die man Lipperenzen genannt, durch die Gesellen abbrechen zu lassen, welches diese aber ungern gethan und gebeten haben, solche Obstabnahme bis Montag zu verschieben, sie wollten diesmal nach verrichtetem Mittagsgottesdienste anderswohin spazieren. Nachdem aber der Meister bei seiner Ansicht beharrte und vorgab, man solle bei Zeiten das Essen anrichten, damit er mit den Gesellen um 10 Uhr in den Garten gehen könne, wendete die Frau ein, so werde ja die Mittagspredigt versäumt. Darauf antwortete der Mann: »Die Mittagspredigt werde so viel Nutzen nicht bringen, als es ihm schaden könne, wenn er andere Leute lohnen oder die Birnen etwa stehlen lassen müßte, es möchte sonst wohl eine ungebetene Hand darüber gerathen oder ein Sturmwind entstehen, ob sie denn mit ihrem Predigtgehen so viel sich zu erwerben getraue, als ihm Schaden geschehen möchte.« Kurzum es mußte nach dem Willen des Mannes gehen. Als sie nach 1 Uhr bald fertig waren, will der Meister sich umsehen, ob auch noch Birnen am Baume hängen geblieben seien; in dem Augenblicke stäubt ihm etwas Moos in das linke Auge, daran wischt er, daß es ganz roth und schwärend wird, er läßt nach etlichen Tagen Augenwasser in der Apotheke holen, aber anstatt der Besserung schlägt ein Fluß darzu, daraus in Kurzem der schwarze Staar ward, und da er solchen vertreiben wollen, kömmt es ihm gleichfalls in das andere Auge, also daß er auf das andere Jahr weder Birnen noch Bäume sehen können, ist hernach sechsthalb Jahr blind gewesen und Anno 1611 an der Pest verstorben.

Die Sterbelust und das Seelenbad zu Erfurt

Im Jahre 1348 herrschte zu Erfurt eine schlimme Pest, wo die Jugend unter Lachen und Händeklatschen starb. Ein Mägdlein von 12 Jahren, das mit dem Tode rang, sah stets lachend gen Himmel und klatschte vor Freuden in die Hände, und als es von seinen Eltern befragt wurde, warum es sich so freudig bezeige, antwortete es: »Ei, sehet Ihr nicht den Himmel offen stehen und so viele schöne unzählbare Lichter hinauffahren?« Da man weiter fragte, was dies denn für Lichter wären, sagte es:

»Es sind die Seelen der selig Sterbenden. Und damit Ihr sehet, daß ich wahr rede, so werde ich diese Nacht sterben, meine liebe Mutter wird mir in drei Tagen folgen und noch andere Personen«, denen sie ihre Sterbenszeit benannte. Es hat aber seit der Sündfluth der Tod nicht ärger gewüthet, denn es waren drei Plagen zusammen: Rothe Ruhr, Pest und wüthendes Fieber, so die Lebendigen und Todten bis auf die Gebeine verzehrten. In drei Jahren starben aus dem Barfüßerorden allein 124,434 Brüder. In Erfurt wurden allein in eilf Gräber unter dem Rothenberge, weil alle Kirchhöfe voll waren, 12,000 Menschen begraben. Da wurde dann ein sogenanntes Seelenbad gehalten. Es standen drei Würztröge vor der Badestube hinter dem Berge beim Juristencollegium, die wurden voll Wein gegossen und Semmeln hineingebrockt. Wenn nun das Seelenbad angehen sollte, da kam der Bierrufer hinter dem Berge hervor auf den Markt und rief das Seelenbad also aus: »Ein Seelenbad, ein gutes Bad, haben unsere Domherren zuerst aufgethan, hinter unserer Lieben Frauen Berge, wer baden will, soll gar nichts geben.« Da kam denn das Volk zu Hunderten und Tausenden mit Gefäßen und die Geistlichen hatten eine Kelle, wo fast ein Nösel hineinging, da gaben sie denn einem Jeden eine Kelle voll in sein Gefäß.

Der Pestvogel bei Hagen

Zu der Zeit, als einmal die Pest hier wüthete, flog den Leuten ein kleiner Schmetterling an den Hals, wem das geschah, der war in ein Paar Stunden tot. Ein Dorfschulze, der auf diese Weise sich zu schützen dachte, kroch in einen Schäferkarren. Allein diese Vorsicht nützte ihm nichts, denn nachdem er eine Zeitlang darin gesteckt hatte, bekam er auf einmal ein so heftiges Verlangen, wieder auf die Erde zu treten, daß er demselben nicht widerstehen konnte. Kaum war er aber herausgestiegen, da kam auch gleich ein Schmetterling, setzte sich an ihn und so mußte er sterben.

Das Sorauer Mittel gegen die Pest

Unter den Bauern um Sorau und Sommerfeld ward zur Pestzeit im Jahre 1612 ein teuflisches Kunststück wider die Pest gebraucht. Sie lasen aus 9 Personen 2 junge Knechte, alle beide reine Junggesellen, 1 Wittib, so 7 Jahre im Wittwenstand gesessen, und 6 Mädchen, die aber reine Jungfern sein mußten, aus. Alle diese mußten um Mitternacht am Ende des Dorfes zusammenkommen. Der eine Knecht brachte nun einen Pflug mit allem Zubehör auf 4 Ochsen, der andere aber eine abgestorbene Reude, damit machte er einen Kreis, in welchen sich die Wittwe mit den Jungfern begeben und daselbst ganz nackend ausziehen mußten, es durfte auch keiner ein einziges Wörtchen entfahren. Hierauf ging die Wittwe mit der Reude voran, die Jungfern, so sich an den Pflug gespannt, zogen denselben ihr nach, und der eine Knecht ging hinter dem Pfluge her, der andere aber blieb im Kreise sitzen und hütete unterdessen die Kleider, während die anderen ums ganze Dorf eine Furche pflügten, daß die Pest nicht in dasselbe ziehen solle. Nach verrichteter Arbeit aber ging ein jedes mäuschenstill und ungemuckt nach Hause. Gleichwohl hat aber doch die Pest hin und wieder in solchen Dörfern fast alle Menschen weggerafft.

Johann Georg Theodor Grässe:
Der Sagenschatz des Königreichs Sachsen

(1874)

Die Thurmpflegerstochter zu Pirna

Im Jahre 1532 ist zu Pirna von Margarethe bis Weihnachten ein großes Pestilenzsterben gewesen, darin an 1400 Personen gestorben. An diesem Unglück ist aber die Thurmpflegerstochter Schuld gewesen, und ist die Sache so zugegangen. Es hat der Thürmer zu Pirna ein schönes Töchterlein gehabt, die aber sehr hoffärtig und stolz auf ihr niedlich Gesicht gewesen; da ist ein Ungar in die Stadt gekommen, der ist reich, schön

155

und von adeliger Geburt gewesen und hat mit dem Mägdlein einen Liebeshandel angefangen. Der strenge Vater ist zwar endlich dahinter gekommen, allein er hat der Tochter nicht glauben machen können, daß der Ungar sie nicht wahrhaft liebe und ehelichen wolle, und als er endlich vor Kummer über seine ungerathene Tochter gestorben, da ist, weil die Mutter die reichen Geschenke des Ungarn gar gerne gesehen, das Mägdlein ganz umgarnt worden, hat sich dem Verführer hingegeben und wie sein ehelich Weib mit ihm gelebt. Als sie aber jener satt bekommen, da ist er plötzlich bei Nacht und Nebel verschwunden und das Mädchen hat aus Noth bald allen ihren Flitterstaat verkaufen müssen; weil sie aber an Nichtsthun und Wohlleben gewöhnt gewesen, auch einmal von allen ihren Bekannten verachtet worden, hat sie sich wieder nach Andern umgesehen und aus ihrer schönen Gestalt möglichst viel Nutzen zu ziehen gesucht. Weil sie aber innerlich sich doch gehärmt, ist ihre Schönheit vergangen und darum sind auch der Liebhaber immer weniger geworden, also daß sie oft in Noth gekommen.

Da ist eines Abends ihr alter Freier zurückgekehrt, der hat gethan, als wenn nichts vorgefallen, und ihr selbst ihre Untreue vergeben, ist auch des Nachts bei ihr geblieben, des Morgens aber in der Frühe ohne Abschied seines Weges gezogen, weil er eine große Reise vorgehabt, hat aber zuvor der Mutter des Mädchens einen großen Beutel voll Gold gegeben und ein verschlossenes Kästlein, das solle sie ihr geben zu seinem Angedenken. Das Mädchen hat alsobald das Kästlein geöffnet und darin ein kostbares rothes türkisches Tuch gefunden, so fein, wie sie nie dergleichen zuvor gesehen, hat auch sogleich ihren besten Putz angelegt und sich mit dem Tuche geschmückt und ist auf die Gasse gegangen, um den Leuten zu zeigen, wie sie wieder in bessern Umständen und zu Geld und Schmuck gekommen. Aber sie hat sich der schönen Sachen nicht lange freuen können, denn plötzlich ist ihr übel geworden und sie umgefallen, und nach wenigen Stunden ist die Pest, welche ihr der Ungar in dem Tüchlein aus Rache über ihre Treulosigkeit zugetragen, ausgebrochen und sie selbst zuerst daran gestorben. Weil aber die Sache ausgekommen und man gemeinet, daß sie die ganze Stadt noch nachholen werde, hat man sie alsbald wieder ausgegraben und ihr das Haupt mit dem Grabscheit abstoßen lassen.

Jacob und Wilhelm Grimm: Deutsche Sagen

(1816)

Der lange Mann in der Mordgasse zu Hof

Vor diesem Sterben (der Pest zu Hof im Jahr 1519) hat sich bei Nacht ein großer, schwarzer, langer Mann in der Mordgasse sehen lassen, welcher mit seinen ausgebreiteten Schenkeln die zwei Seiten der Gassen betreten und mit dem Kopf hoch über die Häuser gereicht hat; welchen meine Ahnfrau Walburg Widmännin, da sie einen Abend durch gedachte Gasse gehen müssen, selbst gesehen, daß er den einen Fuß bei der Einfurt des Wirtshauses, den andern gegenüber auf der andern Seite bei dem großen Haus gehabt. Als sie aber vor Schrecken nicht gewußt, ob sie zurück- oder fortgehen sollen, hat sie es in Gottes Namen gewagt, ein Kreuz vor sich gemacht und ist mitten durch die Gasse und also zwischen seinen Beinen hindurchgegangen, weil sie ohne das besorgen müssen, solch Gespenst möchte ihr nacheilen. Da sie kaum hindurchgekommen, schlägt das Gespenst seine beiden Beine hinter ihr so hart zusammen, daß sich ein solch großes Geprassel erhebet, als wann die Häuser der ganzen Mordgasse einfielen. Es folgte darauf die große Pest und fing das Sterben in der Mordgasse am ersten an.

Ludwig Bechstein:
Deutsches Sagenbuch

(1853)

Der lange Mann in Hof

Zu Hof ist eine Gasse, heißt die Marktgasse, in selbiger hat sich ein großer, schwarzer, langer Mann sehen lassen, der reichte mit seinem Kopf hoch über die Häuser, und seine Beine sperrte er so breit auseinander, wie die Gasse war. Eine Frau des Namens Walburg Widmännin mußte abends durch die Gasse gehen, sah ihn und wußte nicht, sollte sie durch seine Beine hindurchlaufen oder zurückweichen. Endlich faßte sie sich ein Herz, schlug ein Kreuz und schritt in Gottes Namen mitten in der Gasse unter des langen Mannes Beinen hindurch. Kaum war sie durch, so klappte der lange Mann seine Beine zusammen, daß es krachte, und ward ein Gerassel und Geprassel, als prassele die ganze Marktgasse über den Haufen. Und darauf hat sich die große Pest angehoben und hat in der Marktgasse zuerst angefangen und sich durch das ganze Vogtland verbreitet. - In der schönen Bergkirche über Schleiz ist noch ein steinern Denkmal eines Pestmannes zu sehen, der brachte die Pest nach Schleiz, daß die Stadt fast ausstarb.

Knöpflinsnächte

Es war und ist ein alter Brauch in Schwaben, besonders in der Stuttgarter und Tübinger Gegend, mit manchem Scherz die sogenannten Knöpflinsnächte zu feiern, das sind die Nächte der drei letzten Adventsonntage, die dem Christfest vorangehen. Es mag dabei sonst vieler Unfug getrieben, auch namentlich das Gabenheischen übertrieben worden sein, denn an manchen Orten, in Schwäbisch-Hall schon 1685, wurden die Knöpflinsnächte verboten. Gewöhnlich scharen sich die Knaben zusammen und gehen singend kurrendemäßig von Haus zu Haus mit allerlei Liedchen: z.B.

Heint ist die heilig Knöpflinsnacht -

158

Corrandi! Corrandi! (Currende, currende!)
Wer mir Äpfel und Birnen geit,
Dem dank' i, dem dank' i! usw.

Fast an jedem Ort hat das Laufchor andre Bittverslein. Der mittelalterliche Brauch des Singeumganges von Schülern auf den Straßen, die Kurrende, ist noch in vielen Städten Mitteldeutschlands üblich, und die schwarzen Mäntel, welche dabei getragen werden, haben noch den Zuschnitt aus Luthers Zeit, da er selbst in Eisenach in der Kurrende ging. Zu Berlin ist in allerneuester Zeit die Kurrende förmlich wieder eingeführt worden.

Man wirft in den Knöpflinsnächten auch mit Erbsen an die Fenster, das hat gar eine sondre Ursache. Vor alten Zeiten regierte einmal eine grausame Pestilenz in Schwaben, es starb alles aus, die Häuser waren gesperrt, man wußte nicht, waren die guten Freunde tot oder noch lebendig. Um das zu erkunden, wagte man sich nachts auf die Straßen und warf Erbsen an die Fenster der Freunde zur Nachfrage. Wer noch lebte, kam dann an die Fenster und bedankte sich mit einem Vergelts Gott! Kam nie- mand an das Fenster, so wußte man, daß drinnen alles aus und tot war. Daher hat sich der Brauch in mancher Gegend, so um Wurmlingen und Rothenburg a.N., erhalten, und die Leute rufen noch immer mit einem Vergelts Gott den geschichtlichen Dank aus den Fenstern den Werfern zu, solange das Werfen mit Erbsen geschieht und nicht in Katzenmusikbegleitung mit Steinen, denn das vergilt nicht Gott, sondern der Teufel.

Pesttanz zu Immenstadt

Zur Zeit des Dreißigjährigen Krieges wütete zu Immenstadt und seiner ganzen Gegend eine furchtbare Hungersnot und daraus entspringend die Pest des Hungertyphus, und war allenden nichts als Angst, Not, Pein, Schrecken, Jammer und Verzweiflung. Da trat ein Priester auf, der sah, wie die Angst und das allgemeine Verzagen die Menschen zu eitel todesbleichen Gespenstern machte, und sprach: Wo will das hinaus? Laßt fahren den Trübsinn und das Wehklagen! Laßt Musik erschallen! Haltet Mummenschanz und lustige Umzüge! Trotzt Tod und Teufel mit lauter Fröhlichkeit! - Und selbiger Rat ward befolgt, erst von wenigen, dann von vielen, dann von allen, und war probat. Die Krankheit hörte auf, und den Kranken kam der Appetit wieder, und gegen den Hunger ward auch gesorgt, man brauchte nur mit freundlicher Zurede und Nötigung die Speicher der Kornwucherer, welche immer die Hungersnot befördern, weil sie das Getreide zurückhalten, um auf den allerhöchsten Preis es zu treiben, und sollt' es lieber der Kornwurm fressen, zu öffnen. Zum Andenken hat man hernachmals alle Jahre zu Immenstadt einen Tanz mit lustigem Umzug gehalten und denselben den Pesttanz genannt.

Dieses gut anschlagende Mittel hat man in den allerneuesten Zeiten wieder hervorgesucht in solchen Städten, allwo die Cholera sich hat einnisten wollen, und ganz sicher nicht ohne Erfolg, und geschieht nichts Neues unter der Sonne, sondern es ist alles schon dagewesen. Auch der Schäfflertanz, den die Böttiger zu München alle sieben Jahre halten, soll von gleichem Ursprung sich herleiten.

Alexander Schöppner:
Sagenbuch der Bayerischen Lande

(1866)

Die Entstehung des Passionsspiels zu Oberammergau
Kurz nach dem dreißigjährigen Krieg wurde Bayern von der Pest verheert. Da versammelten sich die fleißigen und frommgesinnten Männer von Ammergau und beschlossen, daß Niemand über die Berge, welche das Thal vom übrigen Lande trennen, hereingelassen werden sollte, noch Jemand aus dem Thale selbst hinabginge über die Berge, um wiederzukehren, bei großer Strafe, damit nicht das Pestgift nach Oberammergau

käme. Das Gebot wurde bis zum Kirchweihfeste treulich gehalten. Aber nun ging es einem von Ammergau, der seit Monaten als Taglöhner in Eschenlohe jenseits des Ettaler Berges arbeitete, schwer zu Herzen; er sehnte sich, die Feiertage bei seiner Familie zuzubringen und versuchte es, ungeachtet des strengen Verbots, sich bei der Nacht auf verborgenen Wegen über das Gebirg zu schleichen. Unglücklicherweise gelang ihm dieß, aber er trug die Krankheit zurück in seine Hütte und starb schon am dritten Tag; das Pestübel aber fing im Thale zu wüthen an.

Die Ammergauer wendeten sich in solcher Trübsal zum himmlischen Arzt, empfahlen ihm ihre Seelen und Leiber in gläubiger Zuversicht und thaten das Gelübde, alle zehn Jahre mit großer Feierlichkeit und Andacht die Leidensgeschichte des Erlösers bildlich darzustellen, wofern das Pestübel von ihnen genommen würde. Ihr Gebet wurde erhört und dem Sterben wie durch ein Wunder Einhalt gethan, so daß bald fröhliches Leben auf der Stätte des Todes zurückkehrte. In ihrer Freude vergaßen jedoch die Ammergauer das Gelübde nicht und stellten schon im nächsten Jahr auf einem großen Theater die Passionsgeschichte nach der Weise der alten Mysterienspiele unter großem Zudrang von Fremden aller benachbarten Länder dar. Das fromme Schauspiel wurde seitdem fleißig wiederholt und zog mit den vielen Zuschauern auch viel Geld in das Thal, denn die Fremden kauften dabei von den künstlich verfertigten Waren, um den Ihrigen ein Andenken mit nach Hause zu bringen.

Friedrich Schiller:
Die Pest, eine Fantasie

(Anthologie auf das Jahr 1782)

Gräßlich preisen Gottes Kraft
Pestilenzen, würgende Seuchen,
Die mit der grausen Brüderschaft
Durchs öde Tal der Grabnacht schleichen.

Bang ergreifts das klopfende Herz,
Gichtrisch zuckt die starre Sehne,
Gräßlich lacht der Wahnsinn in das Angstgestöhne,
In heulende Triller ergeußt sich der Schmerz.

Raserei wälzt tobend sich im Bette -
Giftger Nebel wallt um ausgestorbne Städte,
Menschen - hager - hohl und bleich -
Wimmeln in das finstre Reich.

Brütend liegt der Tod auf dumpfen Lüften,
Häuft sich Schätze in gestopften Grüften -
Pestilenz sein Jubelfest.

Leichenschweigen - Kirchhofstille
Wechseln mit dem Lustgebrülle,
Schröcklich preiset Gott die Pest.

Daniel Defoe:
Die Pest zu London

(A journal of the plague year 1722)

Es war ungefähr Anfang September 1664, als ich von meinen Nachbarn hörte, dass die Pest in Holland wieder zurückkam; denn sie war dort sehr gewalttätig gewesen, besonders in Amsterdam und Rotterdam im Jahre 1663, wohin sie angeblich gebracht worden war, einige sagten aus Italien, andere aus der Levante, unter einigen Waren, die von ihrer türkischen Flotte nach Hause gebracht worden waren; andere sagten, sie sei aus Candia gebracht worden, wieder andere aus Zypern. Es spielte keine Rolle, woher sie kam; aber alle waren sich einig, dass sie wieder nach Holland kam.

Wir hatten damals keine gedruckten Zeitungen, um Gerüchte und Berichte zu verbreiten und sie durch die Erfindung von Menschen zu verbessern, wie ich es seitdem erlebt habe. Aber solche Dinge wurden aus den Briefen von Kaufleuten und anderen, die mit dem Ausland korrespondierten, zusammengetragen und nur durch Mundpropaganda weitergegeben, so dass sich die Nachrichten nicht sofort über die ganze Nation verbreiteten, wie es heute der Fall ist. Aber es scheint, dass die Regierung darüber wirklich Rechenschaft ablegte, und es wurden mehrere Räte abgehalten, in denen es darum ging, wie man ein Übergreifen verhindern könnte; aber alles wurde sehr privat gehalten.

So kam es, dass dieses Gerücht wieder verstummte, und die Menschen begannen, es zu vergessen, da es uns kaum etwas anging und wir hofften, dass es nicht wahr war; bis Ende November oder Anfang Dezember 1664, als zwei Männer, die angeblich Franzosen waren, in Long Acre, oder besser gesagt am oberen Ende der Drury Lane, an der Pest starben. Die Familie, in der sie sich befanden, versuchte, es so gut wie möglich zu verbergen, aber da es sich in der Nachbarschaft herumsprach, erfuhren die Staatssekretäre davon; und um sich darüber zu erkundigen, wurden, um der Wahrheit sicher zu sein, zwei Ärzte und ein Chirurg angewiesen, in das Haus zu gehen und es zu inspizieren. Dies taten sie; und als sie auf den beiden toten Körpern offensichtliche Anzeichen der Krankheit fanden, gaben sie öffentlich ihre Meinung bekannt, dass sie an der Pest gestorben seien.

Die Zahl der Todesfälle schwoll an, wobei freilich oft Fieber und Fleckfieber als Ursachen angegeben wurden. Denn wer nur die Wahrheit verheimlichen konnte, tat es, um nicht von den Bekannten und Nachbarn geächtet zu werden und auch, um der Absperrung der Häuser durch die Behörden zu entgehen, eine Maßregel, die damals zwar noch nicht in Kraft war, aber angedroht wurde und in der bloßen Vorstellung die Leute mit dem äußersten Entsetzen erfüllte.

Hans Aßmann von Abschatz:
Die Blattern oder Kinderpocken

(Gedichte 1704)

Ihr Kinder schnöder Eitelkeit
Die ihr mit theuren Steinen pranget
Was eine Muschel zubereit
Aus weitentfernter See verlanget
Kommt seht die Perlen und Rubinen
Die mir itzund zum Schmucke dienen.

Ihr die ihr eurer Farbe traut
Und auff ein Fleckgen zweyer Hände
Das Schloß der stoltzen Hoffart baut
Vergoldt das Dach bemahlt die Wände
Seht den Zinnober und die Kreyde
Darein ich meine Wangen kleide.

Ihr die ihr vor des Spiegels Eyß
Den Mund in seine Falten richtet
Und wie euch der zu rathen weiß
Das Auge nachzuthun verpflichtet
Kommt seht hier könt ihr in Geberden
Und Blicken unterrichtet werden.

Ihr die ihr Oel und Bisam braucht
Zibeth und Balsam an euch schmieret
Um die ein Staub von Zypern raucht
Der Mosch und Ambra mit sich führet
Kommt her zu meinem Kranckenbette
Und riechet mit mir in die Wette.

Ihr die ihr Sammt und Seide kaufft
Der Glieder Blöße zu verhüllen
Nach goldgewürckten Zeugen laufft
Die Neu- und Ehrsucht zu bestillen
Kommt seht die ausgestückte Decke
Darein ich meinen Leib verstecke.

Ihr die ihr noch mit guttem Mutt
Und ungekränckten Gliedern prahlet
Bey denen noch ein frisches Blutt
Die unbenarbten Wangen mahlet
Seht mich mit Blattern angefüllet
Aus denen Stanck und Fäulnis quillet.

Der Schnee der vormahls zarten Haut
Ist von den Wangen weg gewichen
Die Glutt die man mich brennen schaut
Hat sie mit Purpur angestrichen
Die Stirne starrt von Edelsteinen
Durch welche Blutt und Eyter scheinen.

Mein mattes Haupt hängt nach der Seit
Und krümmt den Mund ob seinen Plagen
Der Fuß voll schwacher Müdigkeit
Kan nicht den magern Leib mehr tragen
Der fast verschlossnen Augen Kertzen
Bethränen rinnend meine Schmertzen.

Diß ist der Sünden Liberey
Die ich an meinen Gliedern führe:
Vielleicht kömmt bald die Zeit herbey
Die euch nach gleicher Art beziere
Den stoltzgesinnten Hochmutt lege
Des Todes Bildnis in euch präge.

Michel de Montaigne:
Von der Physiognomie

(Gedanken und Meinungen 1580)

Alle Krankheiten werden in solchen Zeiten für Pest gehalten, und man gibt sich nicht die Mühe, sie zu untersuchen. Das Hübsche dabei ist noch, daß man nach den Regeln der Kunst bei jeder Gefahr, der man sich nähert, vierzig Tage in Angst vor der Seuche leben muß, während welcher Zeit die Einbildung uns nach ihrer Weise behandelt und die Gesundheit selbst zum Fieber macht. Doch alles dieses hätte mir nicht so viel getan, hätte ich mich nicht um den Zustand und das Elend anderer zu bekümmern gehabt und hätte ich nicht sechs Monate lang jämmerlicherweise der Führer dieser Karawane sein müssen. Denn für mich habe ich mein Vorbeugungsmittel immer zur Hand. Es sind Mut, Entschlossenheit und Geduld. Ängstliche Erwartung, welche bei diesem Übel am schädlichsten gehalten wird, ist eben mein Fehler nicht. Hätte es mich allein betroffen, so würde ich es wie eine schnelle, weittragende Flucht betrachtet haben. Diese Todesart scheint mir keine der schlimmsten zu sein. Sie ist gewöhnlich kurz, betäubend, schmerzlos und hat den Trost, daß es ein allgemein eingerissenes Übel ist; sie verfährt ohne Zeremonien, ohne Trauer, ohne viel Umstehende.

Was wollen wir denn damit, daß wir Hilfe und Beistand in den Kräften der Wissenschaften suchen. Laßt uns unsern Blick auf die Erde werfen. Auf die armen Menschen, welche wir darauf vorbereitet sehen, den Kopf niedergesenkt nach ihrem Bedürfnis, welche weder etwas vom Aristoteles noch Cato, weder von Beispielen noch von Vorschriften wissen. Aus diesen zieht die Natur täglich Wirkungen der Beständigkeit und der Geduld, welche reiner sind und kräftiger als diejenigen, welche wir so emsig in den Schulen der Philosophen studieren. Wie viele sehe ich gewöhnlich unter ihnen, welche die Armut verkennen? Wie viele, welche sich den Tod wünschen oder solchen ohne Schrecken und Traurigkeit hinnehmen? Der Mann, welcher meinen Garten umgräbt, hat diesen Morgen seinen Vater oder seinen Sohn begraben. Die Namen selbst, womit sie die Krankheiten belegen, mildern und mindern ihre Bitterkeit. Die Lungensucht heißt bei ihnen Husten, die Ruhr Durchfall, das Seitenstechen Erkältung; und so sanft der Name ist, womit sie solche benennen, so sanftmütig erdulden sie solche. Ihre Krankheiten müssen sehr schwer sein, wenn sie ihre gewöhnlichen Arbeiten unterbrechen sollen. Sie werden nicht eher bettlägerig, als um zu sterben.

Quellenverzeichnis

Alle verwendeten Werke sind durch Zeitablauf gemeinfrei.

Kurt Tucholsky (1890-1935)
Rezepte gegen Grippe
als Peter Panter in Vossische Zeitung Nr. 28, Berlin, 03.02.1931.

Hermann Löns (1866-1914)
Influenza
Aus: Frau Döllmer, Friedrich Gersbach Verlag, Bad Pyrmont, 1928.

Kurt Tucholsky (1890-1935)
Spanische Krankheit?
als Theobald Tiger in Die Weltbühne Nr. 29, Berlin, 18.07.1918.

Kurt Tucholsky (1890-1935)
Ruhe und Ordnung
als Theobald Tiger in Die Weltbühne Nr. 2, Berlin, 13.01.1925.

Egon Erwin Kisch (1885-1948)
Kinder als Textilarbeiter
Aus: China geheim, Erich Reiss Verlag, Berlin, 1933.

Else Ury (1877-1943)
12. Kapitel Kohlennot
Aus: Nesthäkchens Backfischzeit, Nesthäkchen Band 5, Eine Jung-mädchengeschichte, Meidinger's Jugendschriften Verlag, Berlin, 1919.

Ludwig Ganghofer (1855-1920)
4. Kapitel
Aus: Lebenslauf eines Optimisten, Buch der Kindheit, Band 1, Adolf Bonz, Stuttgart, 1909.

Theodor Fontane (1819-1898)
Wer war er?
Aus: III. Briefe, Wanderungen durch die Mark Brandenburg, Band
3 Ost-Havelland, Hertz, Berlin 1873.

Theodor Fontane (1819-1898)
36. Kapitel
Aus: Der Stechlin, F. Fontane & Co., Berlin, 1899.

Theodor Rumpf (1851-1934)
Die Bekämpfung der übertragbaren Erkrankungen
Aus: Deutschland unter Kaiser Wilhelm II.
Band 3 Soziale Medizin und Hygiene, Reimar Hobbing, Berlin,
1914.

Joseph Roth (1894-1939)
29. und 30. Kapitel
Aus: Das falsche Gewicht, Die Geschichte eines Eichmeisters, Que-
rido-Verlag, Amsterdam, 1937.

Karl Emil Franzos (1848-1904)
Kossowiczs Rache
Aus: Das Kind der Sühne, Die Juden von Barnow, Duncker &
Humblot, Leipzig, 1876.

Adolf Douai (1819-1888)
Eine Mustermordanstalt
Aus: Die Gartenlaube Heft 48, Verlag von Ernst Keil, Leipzig, 1867.

Ferdinand Stolle (Hrsg.) (1806-1872)
Die Pestilenz in New-Orleans
Aus: Die Gartenlaube, Heft 40, Verlag von Ernst Keil, Leipzig, 1853.

Bertha von Suttner (1843-1914)
23. Abschnitt
Aus: Die Waffen nieder!
Eine Lebensgeschichte, Zweiter Band, Viertes Buch, Edgar Pierson, Dresden, 1889.

Fanny Lewald (1811-1889)
5. und 20. Kapitel
Aus: Meine Lebensgeschichte, Erster Band: Im Vaterhause, Otto Janke, Berlin 1871.

Karl Friedrich Burdach (1776-1847)
4. Die Cholera
Aus: Rückblick auf mein Leben, Voß, Leipzig, 1848.

Heinrich Heine (1797-1856)
Artikel VI
Aus: Französische Zustände, Hoffmann und Campe, Hamburg, 1833.

Ludwig Börne (1786-1837)
Briefe aus Paris
Aus: Briefe aus Paris (1830-1831) Band 2 (Auswahl), Briefe aus Paris (1831-1832) Band 3 (Auswahl), Hoffmann und Campe, Hamburg, 1833.

Jodocus Deodatus Hubertus (1798-1881)
Die Cholera
Aus: Die Volkssagen von Pommern und Rügen, In der Nicolaischen Buchhandlung, Berlin, 1840.

Hermann von Lingg (1820-1905)
Der schwarze Tod
Aus: Gedichte, J. G. Cotta, Stuttgart, 1854.

Jens Peter Jacobsen (1847-1885)
Die Pest in Bergamo (Pesten i Bergamo 1881), Übersetzt von Mathilde Mann (1859-1925), Sämtliche Werke, Insel Verlag, Leipzig 1912.

Edgar Allan Poe (1809-1849)
Die Maske des roten Todes (The Masque of the Red Death 1842), Übersetzt von Gisela Etzel (180-1918), Aus: Gesamtausgabe der Dichtungen und Erzählungen, 5. Band: Phantastische Fahrten, Übersetzt von Gisela Etzel (1880-1918), Propyläen-Verlag, Berlin, 1922.

Edgar Allan Poe (1809-1849)
König Pest (King Pest 1835), Aus: Gesamtausgabe der Dichtungen und Erzählungen, 5. Band: Phantastische Fahrten, Übersetzt von Gisela Etzel (1880-1918), Propyläen-Verlag, Berlin, 1922.

Giacomo Casanova (1725-1798)
Drittes Kapitel Die Pocken
Aus: Erster Band, Erinnerungen (Histoire de ma vie 1822), Übersetzt von Heinrich Conrad (1866-1918), Georg Müller, München/Leipzig, 1907.

Johann Georg Theodor Grässe (1814-1885), Aus: Sagenbuch des Preußischen Staats, Carl Fleming, Glogau, 1868/1871.

Johann Georg Theodor Grässe (1814-1885), Aus: Der Sagenschatz des Königreichs Sachsen, G. Schönfeld's Verlagsbuchhandlung, Dresden, 1874.

Jacob Grimm (1785-1863) und Wilhelm Grimm (1786-1859)
Aus: Deutsche Sagen, In der Nicolaischen Buchhandlung, Berlin, 1816.

Ludwig Bechstein (1801-1860)
Aus: Deutsches Sagenbuch, Wigand, Leipzig, 1853.

Alexander Schöppner (1820-1860)
Aus: Sagenbuch der Bayerischen Lande, Rieger, München, 1866.

Friedrich Schiller (1759-1805)
Die Pest, eine Fantasie
Aus: Anthologie auf das Jahr 1782, J. B. Metzler, Stuttgart, 1782.

Daniel Defoe (1660-1731)
Die Pest zu London
Aus: A journal of the plague year, E. Nutt, London, 1722.
Exzerpt neu übersetzt von Dieter Kiepenkracher 2020.

Hans Aßmann von Abschatz (1646-1699)
Die Blattern oder Kinder-Pocken, Aus: Poetische Übersetzungen und
Gedichte, Leipzig, 1704.

Michel de Montaigne (1533-1592)
Von der Physiognomie
Aus: Gedanken und Meinungen (Les Essais 1580), Übersetzt von
Johann Joachim Christoph Bode (1731-1793), Franz Haas, Wien/
Prag, 1797.